너무

마음 바깥에 있었습니다

너무

마음 바깥에

있었습니다

김경미 산문

다정함의 덕을 누리며

김경미
시인 · 방송작가

내일 라디오 방송에 쓰일 원고를 이제 마악 넘겼습니다. 모두 세 꼭지의 원곱니다. 세상에는 1초 만에 결정해야 할 일이 있는데, 옛 애인을 횡단보도 신호등 건너편에서 발견했을 때 모르는 척 그대로 길을 건널 것인가, 돌아서서 피할 것인가도 그중의 하나라는 것. 미국 화가 조지아 오키프가 유독 꽃을 그렇게 크게 확대해서 그린 이유는 무엇인지. 그리고 학생은 여섯명, 선생님은 열두 명인 서해안의 한 중학교 운동장 얘기. 이렇게 세 꼭지입니다. 정말로 오랫동안 해 온 너무나 익숙한 일이지만 그렇다고 척척 쉽게 써지는 건 아니어서 이렇게 매일 원고를 넘기기까지는 도서관과 인터넷과 머릿속을 한없이 뒤지는 게 일입니다. 더욱이 주중 이틀은 두 배로 많은 여섯 꼭지를 써서 넘겨야 합니다. 주말 이틀 분을 미리 앞당겨서 녹음하기 때문인데 그런 날은 두 권의 노트를 펼쳐 놓고 양손에 볼펜을 쥔 채 서로 다른 글씨를 쓰는 기분이 들기도 합니다. 그렇다고 내 일만 특별히 어렵고 힘들다고 말할 생각은 없습니다. 무슨 일이든 쉬운 일은 없으니까요.

그런데도 굳이 이 얘길 쓰는 건 우선 여기 모은 글들이 모두 그렇게 쓴, KBS 클래식FM 〈김미숙의 가정음악〉이라는 프로그램의 한 코너 〈시간이 담고 있는 것들〉에 쓰인 방송 원고들이란 점을 밝히기 위해섭니다. 그러니 모든 원고가 시간을 두고 천천히 퇴고해 가면서 쓴 글들이 아니라 어떻게든 매일 만들어 내야 했던 원고란 점을 강조함으로써 뭔가를 변명하고 싶은 마음인 거지만, 생각해 보면 그것도 참 어리석은 일이죠. 그러니 시작하자마자 끝내는 모양새로 이쯤에서 서둘러 서문을 마치려 합니다. 다만 글마다 늘 특정 인물이 아닌 막연한 '나와 그와 그녀'가 주인공이라는 점을 기억하시고 읽어주셨으면 하는 당부만 덧보탭니다.

그러나 아무리 짧게 끝내도 감사 인사까지 뺄 수는 없습니다. KBS 클래식FM에서 오랜 시간을 프리랜서 작가로 일해 오는 동안 모든 담당 피디나 진행자들로부터 '크나큰 다정함과 호의'를 누린 건 정말 큰 행운이었습니다. 일 년 전 오월, '방송 작가 생활은 영원히 끝이다.' 하면서 파리 여행을 마악 시작하던 날, 샤를 드골 공항에 도착해 보니 몇 통의 전화와 문자가 한꺼번에 들어와 있었습니다. 늘 '전업 시인'이 꿈이라고 말하고 다녔지만 그날 이연희 부장님과 김영동 피디님 두 분의 그 다정하고도 다급한 재호출이 참으로 고마워서 하마터면 공항에서 다시 바로 귀국행 비행기를 탈 뻔 했습니다. 그런 제게 오히려 여행 잘 마치고 오라고 회의 날짜를 유보해 주셨던 두 분, 정말 고마웠습니다. 그리고 몇 달 후에 프로그램의 새 담당 피디로 온, 그 드높은 음악 감수성과 인기로 원고 쓰는 일을 즐겁게 만들어 주는 김혜선 씨에게도 진심 어린 고마움을 전합니다. 우리는 일을 함께 하지 않아도 계속 마음속 깊은 우정을 나누리라 확신합니다. 맞나요? 아님 나보다 훨씬 젊은 그대를 친구란 말로 나이를 눙치는 게 혹시 살짝 거슬리나요?

그런가 하면 오래 전 MBC FM에서 함께 일을 한 이래 진행자와 작가로 다시 마주한 김미숙 씨에겐 고마움과 함께 감탄사를 보냅니다. 오랜 세월이 지났는데도 그 우아하고 다정한 목소리는 어떻게 그렇게 한결같은지. 어느 날 점심을 함께 먹고 난 뒤에 혼자 좀 걷다가 집에 갈 거라는 제게 그 목소리로 선뜻 "같이 걸어 줄게요." 하면서 손잡던 다정함이 얼마나 따뜻했는지를 본인은 기억 못하시려나요. 그런 목소리가 빠진 책이 주인공 없는 영화처럼 불안해서 이 책은 부디 읽지 마시고 모든 문장에다 그녀의 목소리를 빙의시켜서 '들으시라'고 권하고 싶습니다.

마지막으로 초교지가 나왔을 때 들고서 한숨만 쉬는 절 강이
보이는 행주산성의 커다란 카페에 데려가서 그 초교지의 절반
쯤을 읽어 주고 오자 몇 개까지 손수 고쳐준 H, 그리고 날짜
약속 수시로 어기고 미루고 심지어 원고를 몽땅 고치겠다고 변
덕 부리는 저자를 끝까지 참아 주고 미뤄 주고 기다려 주신 혜
다출판사의 관계자 분들께도, 더불어 음악에 대한 사랑의 마음
으로 음악과는 상관없는 코너까지 사랑해 주셨던 애청자 분들
께도 진심으로 감사드립니다. 상 받는 것도 아닌데 이렇게 긴
감사의 글이라니, 내일 방송 원고에는 수상 소감의 진부함과
지루함에 대한 애길 한 꼭지 쓰게 될지도 모르겠습니다.

차례

**내가,
사랑한**

느리게,

그러나

차곡차곡

제자리걸음

그녀는 요즘 부쩍 '제자리걸음'에 대한 생각을 많이 합니다. 벌써 꽤 오랫동안 모든 면에서 아무런 발전 없이 계속 제자리만 맴도는 것 같은 답답함 때문입니다.

그녀는 그 답답함을 한 선배에게 털어놓았습니다. 그러자 선배는 얼마 전 일본에서 있었던 두 살배기 아이의 실종에 관한 이야기를 들려주었습니다.

아이는 집 근처에서 실종됐다고 합니다. 550명이나 되는 수색 대원들이 사흘이나 찾아 헤맸는데도 발견되지 않았죠. 사흘이란 시간은 길 잃은 아이가 버텨 내기엔 너무나 긴 시간이었기에 사람들은 내심 불행한 상황을 짐작하고 있었습니다.

그러던 중에 아이 찾는 일을 돕겠다며 70대의 한 할아버지가 나타났습니다. 할아버지는 단 30분 만에 550명의 수색 대원이 삼 일 동안 찾지 못했던 아이를 찾아냈습니다. 사람들은 할아버지의 비결을 너무나 궁금해 했죠.

할아버지는 아이를 찾기 위해서 동원한 것은 그동안 살아오면서 얻은 '경험'뿐이었다며 이렇게 말했습니다.

_____ 아이들은 길을 잃으면 무조건 산 위쪽으로 올라가거나 큰길에서는 무조건 앞쪽으로 계속 걸어가는 습성이 있어 그 점을 기준으로 찾았습니다.

실제로 아이는 두 살짜리가 갈 리 없을 거라 생각해 미처 찾아보질 않았던 산꼭대기 쪽에 있었습니다.

이런 직진 성향은 길 잃은 어린아이들한테만 나타나는 게 아닙니다. 치매를 앓는 노인들도 길을 잃으면 무작정 앞으로만 간다고 합니다. 그래서 길을 잃은 아이도, 치매에 걸린 노인도, 생각보다 훨씬 높은 산꼭대기나 아주 멀리 떨어진 의외의

장소에서 발견될 때가 많죠.

그 얘기 끝에 선배는 덧붙였습니다.

      ____무작정 앞으로만 나아가는 건 어리고 미성숙하거나 문
제가 있는 사람들의 특징이야. 그들은 충분한 경험치를 갖
지 못해 다양한 방향 감각이 없고, 그래서 마냥 앞으로만
나아갈 뿐이니 그걸 부러워하면 안 돼.

제대로 된 방향 감각을 가진 사람이라면 어느 순간엔 오히
려 걸음을 멈추고 지금 자신이 서 있는 곳이 어딘지, 내가
지금 길을 잃은 건지 아니면 어딘가를 향해 부지런히 가고
있었던 건지부터 살필 줄 알지.

그러다 보면 때론 제자리걸음이 아니라 뒷걸음질까지 쳐야
할 때도 있는 법이야. 그러니 제자리걸음을 하고 있다는 느
낌에 너무 답답해 하거나 초조해 하지 말아라. 제자리걸음
은 발전이 없는 게 아니라 더 성숙한 존재란 뜻이니까.

그녀는 왈칵 눈물을 쏟았습니다.

오랫동안 길을 잃고 헤매다 이제야 할아버지를 만난 아이 같
은 심정이었습니다. 이제부터 오히려 제대로 제자리걸음을 하
면서 어디로 나아갈지에 대해 어른답게 깊이 헤아려 봐야겠
다, 힘이 났습니다.

그토록
아름다운 비행

물렉은 프랑스인 조종사입니다. 그는 해마다 가을이면
경비행기를 운전해 하늘을 납니다. 비행기 앞쪽엔 늘 여
행자를 위한 작은 좌석도 준비해 두죠.

말이 경비행기지 좀 크게 개조한 네발자전거 같이 허술
해 보여서 위태로운 느낌이 들기도 합니다. 하지만 비행
기를 조종하는 물렉의 얼굴엔 여유와 평온이 가득합니
다. 더욱이 놀랍게도 그런 그의 네발자전거, 아니 경비행
기 옆으론 커다란 야생 오리와 철새들이 보조를 맞추듯
함께 날고 있습니다.

새들과 비행기의 거리가 워낙 가까워서 손을 뻗으면 새

들을 만질 수 있을 정도입니다. 그러니 여행자들은 그 신기하고 환상적인 체험에 쉴 새 없이 감탄사를 터뜨리죠.

더욱이 발아래로는 광활한 노르망디 평원이 펼쳐져 있고 그토록 유명한 몽 생 미셸 수도원도 보입니다.

그렇게 환상적인 비행에 따라나선 철새들은 사실 조종사 뮬렉이 잠시 키운 새들입니다.

뮬렉은, 엄마를 잃거나 다른 철새 무리를 따라가지 못한 채 길을 잃고 헤매는 아기 철새들을 데려와 키우죠. 그러다가 가을이 되면 경비행기를 타고 그들을 다른 철새들이 있는 따뜻한 남쪽까지 직접 데려다줍니다. 그대로 둔다면 목숨을 잃고 말 어린 철새들, 무리에서 떨어진 철새들을 구조해 다시 가족들의 품에 안겨 주는 겁니다.

그가 이 일을 한 지도 벌써 삼십 년이 넘었다고 합니다. 그런데도 그는 자신이 새들을 위해 선행을 베푸는 게 아니라 오히려 새들이 그에게 엄청난 행운을 가져다주고 있다고 말합니다. 새들을 남쪽까지 데려다 주는 덕분에 자신이야말로 매번 대자연의 위대함과 생명의 경이로움을 한껏 누릴 수 있기 때문입니다.

몇 년 전부터는 그런 경이와 감동을 함께 나누고 또 철새 이동에 드는 경비도 마련하기 위해 비행기 앞쪽에 여행자를 태우기 시작했습니다.

유튜브에 내셔널 지오그래픽에서 올린 그 비행 동영상이 있는데 몽 생 미셀 수도원 위의 하늘을 나는 물렉도, 앞자리의 여행자도, 그들과 보조를 맞추며 함께 나는 철새들도, 다들 더없이 행복해 보입니다.

여행자 중에는 영화 「아름다운 비행」의 주인공이 된 기분이라면서 평생 잊을 수 없을 최고의 체험이었다고 말하는 이들도 많다고 합니다.

그녀는 동영상을 보면서 버킷 리스트에 그 비행을 적어 넣었습니다. 언제고 꼭 타 볼 생각입니다.

그렇지 않아도 내년쯤에는 '몽 생 미셀' 여행을 계획하고 있기도 합니다. 몽 생 미셀은 프랑스를 여행하는 사람들이 파리 다음으로 많이 찾는, 섬 전체가 수도원인 곳입니다. 물렉의 비행이 아니더라도, 수도원의 풍광과 야경만으로도 버킷 리스트에 들어갈 만한 여행지죠.

그런 곳을 내려다보면서 광활한 노르망디 대평원 위 하늘을 날 수 있다니, 더욱이 새들과 팔짱을 끼듯 가까운 거리에서 함께 날 수 있다니, 생각만 해도 너무나 설레고 기대가 됩니다.

무엇보다 꼭 신기하고 새로운 체험에서가 아니라 날개 없는 사람이 날개 달린 철새들의 귀향을 돕는다는 사실 자체가 얼마나 아름다운지.

그녀는 하늘을 나는 그들 모두에게 박수를 보내는 마음으로, 기다려 달라는 마음으로, 동영상을 향해 손을 흔들어 봅니다.

가지 않은 길

___어느 날 갈림길에 도달한 앨리스는 나무 위에 있는 체
셔 고양이를 보게 됩니다.
"어느 길로 가지?"
앨리스가 물어봅니다. 그러자 고양이는
"어느 길로 가고 싶은데?"
라고 되묻죠.
"나도 잘 모르겠어."
앨리스가 대답합니다. 그러자 고양이가 다시 말합니다.
"그럼 어느 쪽이든 상관없잖아."

루이스 캐롤Lewis Carrol의 동화 『이상한 나라의 앨리스*Alice's Adventures in Wonderland*』의 한 장면입니다. 그 장면에서 문득 로버트 프로스트Robert Frost의 「가지 않은 길The Road not Taken」이란 시가 떠올랐습니다.

> ___단풍 든 숲속에 두 갈래 길이 있었습니다.
> 몸이 하나니 두 길을 가지 못하는 것을 안타까워하며,
> 한참을 서서 낮은 수풀로 꺾여 내려가는 한쪽 길을
> 멀리 끝까지 바라다 보았습니다.

그 두 갈래 길에서 어느 한쪽을 선택한 끝에 '모든 것이 달라졌다.'라는 구절로 시는 끝이 납니다.

그렇게 하나의 '선택'에 의해서 인생 전체가 달라지니 갈림길 앞에 설 때마다 우리는 더 많이 고민하고 더 많이 불안해하게 됩니다.

그런 인간의 고민과 불안에 대해 체셔 고양이가 건네는 조언은 단순하고 명쾌합니다. 선택의 기로에서 어느 쪽으로 가야 할지 모를 때는 어떤 길로 가고 싶은지, 네 마음이 향하는 쪽부터 생각해 봐라. 그랬는데도 특별히 더 마음 끌리는 길이 없

다면 그때는 양 갈래 길 중 어느 쪽을 선택해도 마찬가지니 너무 고민하지 말고 아무 쪽이나 선택해라.

어느 쪽도 끌리는 것이 없을 때는 선택을 위한 고민은 필요 없다는 뜻입니다. 고민할 시간에 오히려 아무 쪽이나 가보는 게 더 큰 도움이 된다는 뜻이죠.

어떤 선택은 그렇게 차라리 '선택하지 않고 선택하는' 무모함이 더 큰 도움이 되기도 합니다. 일단 선택한 뒤에 그 선택의 가치를 생각하거나 발견해도 늦지 않을 때가 있습니다.

길이란 중간쯤 가다가 되돌아올 수도 있습니다. 막상 선택의 고민 없이 발을 들였는데 좀 걸어 보니 이게 아니구나 싶을 때 빨리 돌아 나갈 수 있는 용기와 추진력만 있으면 또 다른 길로 옮겨갈 수도 있습니다.

그도 그랬습니다. 주위에서는 모두들 좋은 선택이라고 했지만 그에겐 스스로 고민해서 '공대'를 선택했다는 느낌이 없었습니다. 성적이 이미 마련해 놓은 선택을 아무 고민 없이 그냥 따라갔다는 생각뿐이었죠.

그러다 어느 날 문득 그는 자신이 좋아하는 게 따로 있다는 걸 알게 되었습니다. 그는 공대에서 연극영화과로 길을 바꿨습니다. 그리고 영화감독이 됐습니다.

두 가지 이상의 선택지들 앞에서 어느 것을 골라야 할지 모를 때 체셔 고양이의 충고 대로 일단 아무 길이나 걸어간 다음 생각해 보는 것도 현명한 방법입니다.

그러니 로버트 프로스트도 시 안에 이런 여지를 살짝 남겨 놓은 거겠죠.

_____나는 한쪽 길을 훗날을 위해 남겨 놓았습니다.

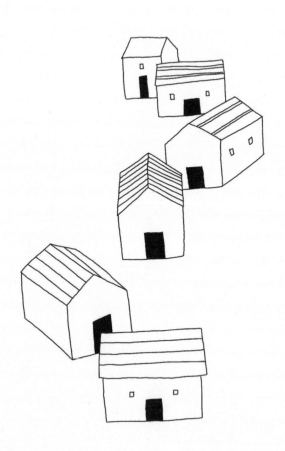

문턱을 넘어

그녀는 가구든 가전제품이든 혹은 화장품이든 뭔가를
사면 그 물건 한 귀퉁이에다 구매한 날짜를 적어 넣곤
합니다.
나중에 그 날짜들을 보면서 '아, 이건 언제 샀지.'하고 그
무렵을 추억하거나, 이 노트북은 7년쯤 되니까 고장이
나는구나, 이 로션은 석 달쯤 쓰니까 다 떨어지는구나,
이런 식으로 사용 기간 같은 걸 가늠하기도 좋아섭니다.

당연히 로봇 청소기 귀퉁이에도 날짜를 적어 놨습니다.
그 날짜가 벌써 9년이 넘었으니 꽤 오래 쓴 셈입니다.

그런 만큼 놀라운 성능을 갖춘 최신형 청소기들에 비하

면 여러 가지 부족한 부분들이 많은 게 사실입니다. 돌아다닐 때 소음도 크고 방문턱이나 작은 러그 같은 것도 잘 못 넘죠. 미리 치워 주거나 청소기 자체를 일일이 들어서 옮겨 주지 않으면 작은 장애물 앞에서도 발이 걸린 채 계속 윙윙대기 일쑤입니다.

그런데도 그녀는 낡은 청소기를 꼭 살아있는 반려견이나 반려묘 같이 소중히 아낍니다.

9년 전 어느 여름날, 청소기를 사고 서너 달쯤 됐을 땝니다. 그 날도 청소기를 돌려놓고 외출을 하고 돌아왔죠.
그런데 청소기가 보이질 않았습니다. 배터리가 다 하면 찾아 돌아가게 돼 있는 충전기 앞에도, 평소에 자주 들어가서 못 나오는 장식장 아래며 소파 밑에도 없었습니다. 있을 만한 곳은 다 찾아봤는데도 없으니 별일이 다 있다 싶었습니다.

그러다가 다른 집안일이 바빠서 잠시 청소기의 행방을 잊어버렸었죠.

그런데 서너 시간 후에 뭘 가지러 베란다에 나갔을 땝니다. 그 구석 끝에 가 있는 청소기가 눈에 들어왔습니다. 그녀는 깜짝

놀랐습니다. 그 청소기는 평소에 베란다로 나가는 문턱을 넘어선 적이 없었습니다. 늘 아무리 애를 써도 안 된다는 듯이 턱에 몇 번을 부딪치다가 돌아서거나 그 앞에서 계속 윙윙대다 꺼지곤 했었습니다.

그런데 그날은 베란다 문턱을 기어이 넘었던 거였습니다. 넘었다가 그 끝까지 가서는 배터리가 다한 것 같았습니다.

잠시 좀 멍했습니다. 기계한테 잘 안 되는 일에 계속 도전하는 자발적인 의지나 인내심이 있을 리 없겠건만 그 로봇 청소기에게는 마치 그런 게 있는 것처럼 느껴졌습니다. 베란다 문턱에 걸려서 번번이 이마가 깨지는데도 그래도 다시 시도해 보고 다시 시도해 보는 인간의 투철한 의지와 도전 정신을 그 청소기가 가진 듯했습니다.

그런 감정을 느낀 건 아마 그 무렵의 상황 때문이었을 겁니다. 그즈음 전업주부로만 십 년 넘게 살아왔던 그녀에게 일 제의가 들어왔습니다. 결혼 전에 다니던 광고 회사의 상사가 독립하면서 그녀에게 함께 일할 것을 제의했던 겁니다.

일을 너무나 하고 싶어 하던 때였으니 그런 제의가 있기만 하다면 두말할 것도 없이 받아들여야 했건만 막상 제의를 받고 보니 자신이 없었습니다. 광고 제작해 본 게 언젠데 다시 잘할 수 있을까, 겁이 났습니다. 그래서 무조건 포기 쪽으로 마음을 굳히고 있었죠.

그러니 로봇 청소기가 갑자기 그동안은 절대 못 넘던 베란다 문턱을 넘어서서 베란다 밖으로 나간 게 그녀에겐 괜한 일 같지 않았습니다. 그러면서 그토록 바라던 기회가 주어졌는데도 도망만 치려던 마음이 부끄러워졌죠. 그녀는 로봇 청소기를 안아 들고 거실로 돌아오면서 '그래, 무조건 시작해 보자. 도전해 보자.' 결심을 했습니다.

그 결심 덕분에, 그러니까 로봇 청소기 덕분에 그녀는 9년째 직장엘 다니고 있습니다. 그동안 승진도 했죠. 돌이켜 보면 그때 그대로 포기했으면 얼마나 아까웠을까 싶은 순간이 한두 번이 아닙니다.

로봇 청소기가 자신에겐 집안 청소만이 아니라, 앞길을 청소해 주고 새 길을 열어 준 셈입니다. 그러니 어떻게 아끼지 않을 수 있겠는지요.

그녀는 고마운 마음으로
오늘도 반려동물 같은
로봇 청소기의 단추를 누르면서
중얼댑니다.

오래오래 내 곁을 지켜 주렴.

주문呪文

＿＿숨을 들이쉴 때마다 복이 따라 들어가고
내쉴 때는 아픈 데가 따라 나가고
일 적게 하고도 행복하게 잘 사세요.

어떤 분은
낯선 사람으로부터 도움과 친절을 받을 때마다
상대방을 위해 마음속으로
꼭 그런 기원을 해 준다고 합니다.

오늘 저도 당신을 위해
그 곱고 따뜻한 주문을 외워 봅니다.

엄마의 고백

이사벨 아옌데Isabel Allende는 칠레에서 태어나 저널리스트로 활동했었습니다.

하지만 삼촌인 살바도르 아옌데 대통령이 축출 당하면서 칠레를 떠날 수밖에 없었죠. 베네수엘라와 볼리비아를 거쳐 미국으로 망명한 그녀는 뒤늦게 그 경험을 담은 소설 『영혼의 집La Casas de los Espiritus』을 써서 세계적인 명성을 얻었습니다.

그러기까지 그녀가 겪은 일들은 보통 사람이 일상에서 겪을 만한 경험들과는 거리가 아주 먼 것들이었습니다. 쿠데타, 대통령 집안, 대통령의 죽음, 망명 등 그녀의 삶은 칠레의 굴곡진 현대사를 따라 파란만장하게 요동쳤죠.

딸이 유전병으로 입원해 식물인간 상태였을 때 그녀는 이런 고백을 합니다.

____ 네가 자라는 걸 보고 또 네가 세상 이치를 깨달아 가는 걸 보는 게 유엔이나 지구 인류의 행복을 개선시키겠다는 그 어떤 야심만만한 프로그램들보다 수천 배는 더 흥미로 웠다.

엄청난 지위나 명예보다 그 어떤 대단한 사건이나 대의명분보 다 너를 잉태하고, 네가 세상에 태어나고, 네가 느리게, 그러 나 차곡차곡 성장해 나가는 과정을 곁에서 지켜보는 일이 훨 씬 더 흥미롭고 가치 있었다는 고백이었습니다.

그 고백은 아옌데만이 아니라 아이가 있는 부모라면 누구에게 나 해당될 겁니다. 아이를 낳는다는 건 세상에 없던 존재 하나 를, 세상에 존재하지 않았던 하나의 작은 우주를 세상에 내놓는 일이죠. 생각할수록 위대하고 신기한 일이 아닐 수 없습니다.

아엔데는 또한 아이를 낳음으로써 모든 평범한 남녀는 신에 가까운 지위를 부여받는 셈이다, 라고 말하기도 했습니다.

그러나 그런 아이가 어려서든 커서든 아프면, 더욱이 회복 여부마저 불투명한 상태일 때는 부모라는 신도 할 수 있는 게 아무것도 없습니다.
무력감과 절망감으로 오히려 진짜 신이 있는지를 회의하고 의심하고 만일 신이 있다면 원망하고 분노하는 것밖에는 할 수 있는 게 없을 겁니다.

아엔데의 책을 읽다 말고 그녀도 떠올렸습니다. 네 살 먹은 아이를 데리고 한밤중에 응급실엘 갔던 적이 있었죠. 펄펄 끓는 열로 눈빛이 희미해지던 아이는 곧 몸이 축 늘어졌습니다. 병원에서는 원인을 알 수 없다고 했습니다.
중환자실로 옮기고 한 달이 지나도 마찬가지였습니다. 그녀와 남편은 '아이만 살려준다면'이란 전제에 모든 걸 다 걸었죠. 두 사람의 목숨도 진즉에 걸었습니다.

그러나 그걸로도 해결이 안 될 것 같은 아이의 상태를 보면서 매일 쏟았던 울음과 무력감과 고통을 생각하면 지금도 저절로 눈물이 납니다.

다행히 아이는 두 달이 지나면서 차도가 생겼고 나중엔 무슨 일이 있었나 싶게 건강하게 퇴원을 했습니다. 그리고 지금까지 아무 탈 없이 잘 크고 있죠.

그녀는 그때 의식이 희미한 아이의 귀에 대고 수도 없이 반복했던 말을 아직도 때때로 생각합니다.

　　___네가 어떤 상태든 우리는 끝까지 네 곁을 지키고 널 돌볼 거야. 설사 그 일이 평생이 된다 해도 우리는 너에 대한 사랑을 그치거나 포기하지 않을 거야, 절대로.

오늘은 아옌데의 글에 그날의 다짐들이 다시 떠오르면서 신나게 놀고 있는 아이의 귀에 대고 이렇게 말하고 싶어집니다.

　　___언제 어디서고 신은 널 사랑한다는 사실을 잊지 말아라.

친구의 기준

친구한테서 만나자는 문자가 왔습니다. 그런데 그녀는 선뜻 답장을 쓰지 못하고 있습니다. 미안하면서도 한편으론 이젠 어쩔 수 없다, 너와의 인연은 여기까지다, 싶기만 합니다.

처음엔 그녀 자신도 왜 그런지 몰랐습니다. 그 친구만 만나고 오면 이상하게 몸도 마음도 심하게 피곤했죠. 너무 긴 시간 함께 있었거나 너무 많은 얘기를 해선가 싶기도 했지만 짧은 시간 동안 별말 없이 있다 헤어져도 마찬가지였습니다. 다른 친구와는 그보다 훨씬 더 길게, 더 많은 이야기를 나눠도 아무렇지 않았죠. 오히려 하루종일 같이 있다시피 하면서 온갖 수다를 다 떨어도 집으로 돌아오는 발걸음이 더없이 후련하고 가벼울 때가 많았습니다. 친구란 이렇게 좋은 거구나, 생각이 저절로 들 만큼요.

그런데 그 친구만은 예외였습니다. 만나면 온몸의 에너지와 기가 다 소진되고 엉망이 되는 듯 피곤했습니다. 후련함보다는 오히려 답답함 같은 게 마음을 짓눌렀죠.

그래서 언젠가부터 자신도 모르게 자꾸 피하게만 되었는데 그러다가 며칠 전 심리치료사인 멜리사 코헨의 글을 읽게 됐습니다.

코헨은 친구 관계도 끊어야할 때가 있다는 걸 받아들이라고, 그게 더 좋은 사람이 되기 위한 길이라고 강조합니다. 그러면서 때론 친구와도 절교해야 하는 순간이 있는데 그 기준은 바로 이것이라고 합니다.

　　___그 친구와 같이 있을 때, 당신의 가장 좋은 모습이 나오지 않는다.

그녀는 고개를 끄덕였습니다. 그러고 보면 그 친구와 있을 때는 가장 좋은 모습은커녕 늘 최악의 자신과 마주하는 기분이었습니다. 쉬지 않고 누군가를 험담하거나, 자기 자랑을 떠벌이거나, 뻔히 자기가 잘못한 일인데도 억울하다고 우기거나….

코헨은 그런 관계에 이렇게 한 번 더 일침을 놓습니다.

＿＿ 그 친구와 함께 시간을 보내고 난 후에 기운이 빠진다면 당신은 우정에서 얻어야 할 것을 못 얻고 있는 것이다.

그녀는 너와의 인연은 여기까지다, 라고 썼던 마음속 문자를 다시 고쳐 썼습니다.

＿＿ 너와 상관없이 내가 최선의 나를 지킬 수 있을 때, 그렇게 최선의 내가 더욱 강해질 때까지 우리의 인연은 잠시 유보하자. 그동안에 너 또한 최선의 너를 되찾는다면야 더 바랄 게 없겠다만.

검은색의 의미

10월 31일은 핼러윈 데이입니다.

이젠 우리나라에도
떠들썩하고 화려한 코스튬 파티로
그날을 즐기는 이들이 적지 않습니다.

핼러윈 데이의 원래 의도는
주위의 어려운 아이와 이웃 들을
조금이라도 돕자는 것이었다고 합니다.
특히 얼굴을 검게 칠한 유령 분장으로
도움 받는 아이와 어른 들의 자존심을
지켜 주고자 했던 세심한 도움의 날이었죠.

유령의 검은 얼굴이
그렇게 따뜻한 의미였다니

앞으로 핼러윈 데이 때는
얼굴에 검은 가면을 쓰고
이름을 보이지 않게 까맣게 칠하고
아주 조금이라도
기부를 해야겠습니다.

정확하게
비기는 것

한 심리학자가 이런 조사를 한 적이 있습니다.

___길을 건너야 하는데
그 길에 육교와 지하도가 나란히 있다면
어느 쪽으로 건너겠는가.

지하도나 육교나 어느 것이 먼저인지의 차이가 있을 뿐
다 한 번씩은 무조건 올라가고 내려와야 하죠.
정확히 비기게 되어있습니다.
그럼에도 사람들은
우선 당장 편한 지하도를 더 많이 선택한다고 합니다.

인생도
정확하게 비기는 것이었으면 좋겠습니다.
어제가 고통스러웠으면
내일은 반드시 행복할 수 있고
오늘이 낭비였으면 내일은 절약이 되고
내일이 불행이라면 모레는 행운이 되는

그렇게 정확히 비기는 것이어서
아무리 힘들고 절망스러워도
좌절하지 않을 수 있고
아무리 많은 행운이 찾아와도 겸손할 수 있는 게
인생이었으면 좋겠습니다.

Shape of window

창문은 대부분 네모난 사각형입니다.

그러나 비행기의 창문은
네 귀퉁이 모두가 둥그스름한, 길쭉한 타원형입니다.

비행기에 네모반듯한 사각형의 유리창을 하면
하늘을 높이 날 때 모서리에만 압력이 집중돼서
유리창이 깨지기 쉽다고 합니다.

까마득히 높은 하늘에서
비행기의 유리창이 깨지는 상상,
생각만 해도 끔찍합니다.

비행기에서만이 아닙니다.
유리창이 깨지는 건 상상이든 실제든 늘 끔찍합니다.

스트레스가 집중되면
마음의 유리창이 그렇게 깨지기도 하겠죠.
지금 당장 스트레스를 풀기 위해 뭐든 하시기 바랍니다.

당신에게도
있습니다

만화가 김보통의 글에서 읽은 얘기입니다.

한번은 터키의 샤프란볼루로 여행을 떠났을 땝니다. 날이 어둑해지자 마을 사람들이 잔뜩 몰려 나와서는 그를 빙 둘러쌌다고 합니다. 저녁은 먹었는지 잘 곳은 있는지, 낯선 관광객이 걱정된 거죠.

그 후 그는 지금도 그 장면만 떠올리면 '뭐라도 할 수 있을 것 같은 기분'이 든다고 합니다.

'뭐라도 할 수 있을 것 같은 힘'을 주는 사람들이 있는 여행지, 찾아보면 누구에게나 있을 겁니다. 그녀에게는 노을이 아름다운 여행지가 다 그런 곳입니다.

우리는
사자가 아니므로

____ 함께 먹지 않고 혼자 먹는다는 생각 자체가 쿵 부시맨
들에게는 아주 충격적인 것이다. 그런 말을 들으면 쿵족 사
람들은 아주 어색하게 웃으면서 소리를 질러댈 것이다. 사
자들이라면 그럴 수 있어도 사람은 그럴 수 없다.

인류학자 시드니 민츠의 책에 나오는 얘깁니다.
아프리카 원주민인 쿵족의 부시맨들은 보통 닷새에서
열흘씩 사냥감을 찾아 헤맨다고 합니다. 그러다 영양이
라도 한 마리 발견하면 다시 삼사 일을 힘들게 추격해
간신히 잡곤 하죠.

때론 사냥감에 이미 누군가의 화살이 꽂혀 있는 경우도 있습니다. 그러면 쿵족 부시맨들은 그 화살의 주인을 어떻게든 찾아내 사냥감의 일부를 나누어 준다고 합니다. 그리곤 남은 고기를 부족의 모든 사람들이 다 함께 나눠 먹죠. 그러다 보면 고기를 나눠 받는 사람이 60명을 훌쩍 넘길 때도 많다고 합니다.

그래서 그들에게는 사냥하는 능력보다 잡은 고기를 알맞고 빠르게 그리고 최대한 많은 이들에게 골고루 나눠 주는 능력이 훨씬 더 중요하다고 시드니 민츠는 말합니다.

함께 음식을 먹는다는 건 그 순간은 서로 한 식구가 되고 가족이 된다는 뜻이죠. 그러니 누군가와 쉽고 빠르게 친밀감을 형

성하고 싶다면 함께 식사를 하라고 하는 거겠죠.

좋아하는 이들과의, 가까워지고 싶은 누군가와의 약속이 적혀
있는 탁상 달력을 보면 저절로 설레고 행복해집니다. 그거야
말로 내가 사자 같은 맹수들의 세계가 아닌 다정하고 따뜻하
고 유쾌한 인간 세계에 살고 있다는 가장 확실한 증거 중의 하
날 테니까요.

산토리니의 체리

「내 친구의 집은 어디인가」, 「그리고 삶은 계속된다」, 「올리브 나무 사이로」. '이란 3부작' 영화로 유명한 감독 압바스 키아로스타미. 그러나 그에게 칸 영화제의 그랑 프리를 안겨준 영화는 「체리 향기」입니다.

영화 속 주인공인 '바디'는 어느 날, 죽기로 결심합니다. 그리고는 자신이 죽으면 묻어줄 사람을 구하러 나서죠. 그러나 처음 그의 차에 오른 군인 청년도 신앙심 깊은 신학도도 모두 그의 청을 거절합니다.

바디는 마지막으로 박물관에서 박제사로 일하는 노인에게 자신의 주검을 부탁합니다. 노인은 그의 부탁을 받아들이면서 자신이 겪은 일을 얘기해 줍니다.

결혼 직후, 온갖 어려움을 견디다 못한 노인도 인생을 끝낼 생각으로 밧줄을 차에 싣고 농장에 간 적이 있었습니다. 그런데 목을 매달 밧줄이 나무에 잘 안 걸려서 할 수 없이 직접 나무로 올라갔다가 탐스럽게 익은 체리를 보게 되죠. 체리를 먹던 그는 나무 위에 앉은 채로 떠오르는 아침 태양과 등굣길의 아이들을 보게 됩니다. 그러다 마음을 바꿔 다시 집으로 돌아왔다는 얘기였습니다.

영화 「체리 향기」를 몇 년 만에 다시 보면서 그녀는 그리스의 산토리니를 여행할 때 먹었던 빨갛다 못해 검붉던 체리를 떠올렸습니다. 그곳에서는 우리 돈 이천 원이면 한 바구니 가득 체리를 살 수 있었죠. 그래서 숙소 근처의 슈퍼엘 몇 번이나 오갔는지 모릅니다. 햇볕만 좀 덜 뜨거웠으면 아마 더 많이 갔을 겁니다.

그때도 체리를 먹으면서 이 영화를 떠올렸었습니다. 여행을 떠나기 전까지 그녀도 죽고 싶을 만큼 절망적이었기 때문입니다. 가족도, 취직도, 연애도, 뭐 하나 마음 같지 않고 다 엉망 진창이었죠. 이렇게 살아서 뭐하나, 매일 밤마다 혼자 울곤 했습니다.

그러다가 죽기 전에 산토리니라도 한번 가 보자, 무리해서 여행을 떠났었죠. 그리곤 그녀 역시 몇 번이고 체리를 사다 먹으며 천천히 마음을 바꿨습니다. 살아야지, 살아서 열심히 돈 벌어서 여기 한 번 더 와야지.

그 생각은 지금도 변함이 없습니다. 지금은 죽고 싶다는 생각 따위는 잊은 지 오랩니다. 작은 곳이지만 취직해서 열심히 일하고 돈도 모으고 있죠. 한 삼사 년 더 모아서 싱싱한 체리가 더없이 싸고 맛있었던 산토리니엘 다시 갈 생각입니다.

가기 전에, 그곳의 유명한 서점이 여전히 숙식 제공의 아르바이트생을 구하는지도 꼭 알아볼 생각입니다.

은행잎이 전하는 말

가을입니다.

그녀는 일터와 집을 오갈 때면 항상 지하철과 마을버스를 이용합니다. 요즘 마을버스를 타면 버스 바닥에까지도 노란 은행잎이며 낙엽들이 흩어져 있을 때가 많습니다. 비가 오는 날이면 그 숫자가 훨씬 많아지죠.

한번은 마을버스를 탄 한 노인 분이 큰 소리로 불만을 토로하셨습니다. 길거리고 어디고 낙엽이 너무 많아서 지저분하고 위험하다는 것이었습니다.

그분이 내리고 곧 다음 정거장에서 다른 노인 한 분이 버스에 오르셨죠. 그런데 그분은 자리에 앉자마자 감탄사를 터뜨리셨습니다. 요즘 은행잎 가득한 길들이 정말

멋지다고, 우리 마을 풍경이 최고라고 하셨습니다. 이런 풍경은 봐둘 수 있을 때 한껏 봐둬야 한다면서 옆에 선 젊은 청년을 향한 듯 "그 나이 땐 공부도 취직도 중요하지만 좋아하는 사람이랑 이런 길 많이 걷는 것도 중요하다네."라고 하셔서 버스 안 사람들이 가만히들 웃기도 했죠.

그녀는 저 어르신이 혹시 시인이 아닐까 생각하면서 고등학교 2학년 때의 어느 가을날을 떠올렸습니다. 그 나이는, 아니 그 시대는 여고생이 좋아하는 사람이랑 내놓고 은행잎 쌓인 길을 걷던 시대는 아니었습니다.
그때 그녀는 우울증 때문에 학교를 자퇴한 처지였습니다. 그러나 집에서는 우울증이 아니라 매사 게으르고 부정적인 성격이어서 그런다고들 생각했습니다.

그러니 자퇴를 했어도 집에 있는 게 더 힘들었죠. 그래서 어느 날은 걸을 기운이 없는데도 무조건 밖으로 나왔습니다. 그리고 집 앞에서 버스를 타고 무작정 남산으로 갔습니다.

그날 남산 길은 은행잎에 뒤덮여 그야말로 장관이었습니다. 추억 속의 길이라 더 과장되게 채색된 건지는 모르겠지만 그녀가 그때까지 본 은행잎을 다 합해도 그날의 은행잎에는 못 미칠 겁니다. 은행잎에 무릎까지 푹푹 빠지는 느낌으로 그녀는 계속해서 그 가을의 남산 길을 걸었습니다.

그러다 얼마 안 가서 와락 눈물이 쏟아졌습니다. 이토록 아름다운 계절에 나는 늘 어두컴컴한 골방에 틀어박혀서 대체 무얼 하고 있었던 건가. 대체 어쩌자는 건가…. 스스로가 한심스럽기도 하고 불쌍하기도 하고, 화도 났다가 억울하기도 했다가 온갖 감정이 밀려들면서 눈물이 쏟아졌죠.
그 상태론 다시 버스를 탈 수도 없어서 할 수 없이 평일 낮의 은행잎 가득 쌓인 남산 길을 하염없이 걷고 또 걸었습니다.

얼마가 지났을까. 눈물도 잦아들고 다리도 너무 아파서 더 이상은 걸을 수가 없었습니다. 무엇보다 화장실이 급했죠. 그래서 들어간 곳이 남산 도서관이었습니다.

그곳에서 갑자기 모든 게 바뀌었습니다.
그날 이후 매일 그곳엘 다니면서 다시 공부를 시작했고, 대학엘 가게 되면 반드시 은행나무 같은 식물에 대해 공부하겠다고 결심하게 된 것입니다. 친구들보다는 늦었지만 지금은 그 결심대로 생물학을 전공한 뒤 조경 회사에서 일하고 있습니다.

그러니 마을버스의 두 번째 할아버지처럼 낙엽이든 봄의 꽃나무들이든 나무에 감탄하는 분들을 보면 무조건 반갑고 기쁩니다.

그 할아버지에게 가방 안에 늘 넣어 갖고 다니는 초콜릿이라도 꺼내드리고픈 마음을 애써 억누르면서 그녀는,

'할아버지, 제게도 머잖아 좋아하는 사람이랑 은행잎 덮인 길이든 눈길이든 함께 걸을 날이 꼭 오겠죠.'

혼잣말을 하면서 남몰래 미소를 지었습니다.

모든 날들이
선물입니다

프랑스나 독일 같은 유럽에는
12월만을 위한 달력이 따로 있다고 합니다.

크리스마스가 워낙 큰 명절이어서 생긴
일종의 명절용 달력인데 그 달력의 모든 날짜에는
작은 봉지가 하나씩 달려 있습니다.
봉지를 날짜마다 매일 하나씩 뜯어보면서
크리스마스를 기다리라는 것입니다.

작은 봉지 안에는
알록달록한 캔디나 초콜릿이 들어 있기도 하고
다양한 종류의 차나 커피가 들어 있기도 합니다.

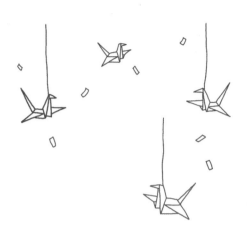

그녀도 프랑스에 사는 지인에게
12월 달력을 선물 받은 적이 있었습니다.
납작한 박스 같이 생긴 달력이었는데
매일의 날짜들에 봉지 대신
불투명한 종이 창문이 있었습니다.
손끝으로 누르면 날짜마다 종류가 다른 차가 나오는
창문 달력이었죠.

이왕이면 크리스마스가 아니라 1년 365일
매일 매일 오늘은 어떤 선물일까
궁금하고 신기한 마음으로 눌러 보거나 열어 볼 수 있는
일 년짜리 창문 달력이나 봉지 달력이 있어도 좋지 않을까,
그녀는 잠시 달력 공장 공장장이 되어봅니다.

나는 안 되는 걸까

그녀는 퉁퉁 부은 눈을 도수 없는 검은 뿔테 안경과 모자로 가린 채 외출에 나섰습니다. 그리고 서점엘 가서 책을 뒤적였죠.

눈이 그렇게 퉁퉁 부은 건 지원했던 회사로부터 불합격 통고를 받고 어젯밤 내 울었기 때문입니다.

취직 시험을 준비하면서 '불합격'이란 통보를 전혀 예상해 두지 않았던 건 아니었습니다. 한두 번이 아니라 수십 번, 혹은 그 이상으로 그 세 글자를 예상하고 준비해 두었죠. 보낸 이력서가 책 한 권 정도는 되어야 합격이란 문자가 온다는 얘길 귀에 못이 박히도록 들었으니까요.

그런데도 어제 저녁에 받은 열여섯 번째 불합격 통보에 그녀는 온몸과 마음이 완전히 무너지는 기분이었습니다. 마치 십육 년을 여기저기 시험만 보다가 계속 떨어지고 어느 새 마흔 살이나 오십 살이 된 기분이었습니다. 무엇보다 마음속으로부터 계속 '넌 안 돼. 넌 아냐.'하는 소리가 들려왔습니다. 정확히 날 집어서 안 된다고 하는 그 소리는 정말로 절망스럽고 비참했습니다.

그렇게 밤을 새다시피 하다가 오늘 오후에야 마음을 좀 추슬러서 서점엘 나왔죠. 이력서 쓰는 법을 가르쳐 주는 책이라도 살 생각에서였습니다.

그런데 정작 서점에 도착한 뒤 그녀는 계속 소설 코너만 서성였습니다. 이력서 쓰는 법보다는 차라리 자신처럼 절망적인 상황에 놓인 소설 주인공을 보는 게 더 위로가 될 것 같아서였죠.

너무 얄팍한 생각인 것 같기도 하고, 그게 소설이나 문학의 당연한 역할 중 하나 같기도 하고, 혼란스러운 마음으로 그녀는 소설들을 계속 뒤적였습니다.

그러다가 한 소설 속에서 이런 글을 만났습니다.

> ____서른 살 여름,
> 서점의 한국 소설 코너에 서 있던 내 모습을 기억한다.
> 나는 안 되는 걸까…,
> 한참을 서서 움직이지 못하던 내 모습을.

소설 속의 주인공이 아닌 소설을 쓴 작가가 〈작가의 말〉에 남긴 글이었습니다. 거기엔, 2년 간 여러 공모전에 투고했지만 당선은커녕 심사평에 거론도 되지 못했고, 애써서 썼던 「쇼코의 미소」도 공모전 예심에서 떨어졌다는 고백이 쓰여 있었습니다.

그러나 '나는 안 되는 걸까.' 절망하던 소설가는 최근에 가장 주목받는 신예 작가가 됐고 예심에서도 떨어졌다던 그 소설은 베스트셀러 자리에 어른 키 높이로 쌓여 있었습니다.

       ___ 이 책의 이 문장을 보려고 서점엘 오게 됐구나….

       이 문장이 날 위로해 주려고 부른 거였구나….

그녀는 이력서 잘 쓰는 법이 아니라 최은영의 소설집『쇼코의 미소』를 들고 계산대로 갔습니다.

화가의 편지

고흐는 「만종」을 그린 밀레처럼 척박한 농촌의 현실과 그 속에서도 삶을 이어가는 농민들을 그리는 '농민 화가'가 되고 싶어 했습니다. 그런 바람으로 그는 한때 머물렀던 탄광촌 사람들의 모습을 많이 스케치해 두었고 그걸 바탕 삼아서 여러 그림을 그렸습니다.

「감자 먹는 사람들」도 그런 작품 중의 하납니다.

허름한 방, 희미한 램프의 불빛 아래 유일한 저녁 식사 거리인 감자를 나눠먹는 가난한 식구들. 그들의 모습에서는 한 가족의 고단하면서도 남루한 생활이 생생하게 느껴집니다.

1885년, 그림을 완성한 고흐는 동생 테오에게 편지를 씁니다.

___「감자 먹는 사람들」을 보고 있자면 확신컨대 이 그림은 금색 테두리가 잘 어울릴 것 같다. 잘 익은 볏짚 색의 벽지를 바른 벽 위에 걸어도 좋을 거야. 다시 한번 말하건대 반드시 짙은 금색이나 구릿빛 액자를 해야 해.

고흐는 왜 그렇게 금색이나 구릿빛 액자를 고집했을까. 그림을 좀 더 화려하게 보이고 싶어 했던 걸까. 그녀는 편지글을 읽다가 한참을 생각해본 적이 있습니다.

그에 대한 답을 얻은 건 미술사학자인 이지은이 쓴 글에서였습니다. 그 글에 의하면 고흐는 그림의 액자를 단순히 그림을 보호하는 테두리라고만 생각하지 않았습니다.

액자가 오히려 자신이 그림에 채 담지 못한 식탁 옆의 따뜻한 화덕, 언제까지고 그 가족의 저녁 식사 자리를 따뜻하게 비춰주는 화덕 역할을 해야 한다고 생각했죠. 그러니 액자 색깔은 반드시 화덕의 불빛을 닮은 짙은 금색이나 구릿빛이어야 했다는 겁니다.

가난과 노동에 지친 가족들, 어둑어둑하고 허름한 식탁에서 나누는 초라하기 그지없는 저녁 식사. 고흐는 그중에서도 그들의 야위고 거친 손을 더욱 마음 써서 그렸음을 편지에다 이렇게 밝히기도 했습니다.

___감자를 먹는 사람들이 접시로 내민 손, 자신을 닮은 바로 그 손으로 땅을 팠다는 점을 보여주고 싶었다. 그 손은, 손으로 하는 노동과 정직하게 노력해서 얻은 식사를 암시하고 있다.

그림을 다시 들여다봅니다. 감자 몇 알과 따뜻한 물 한 잔이 전부인 식탁. 그 식사가 얼마나 정직한 결과물인지를 알아봤던 화가. 그 거친 음식을 준비하기 위해서 가난한 이들이 얼마나 고단한 노동을 하는지 누구보다 잘 알고 연민했던 화가.

가난한 이들이 담길 액자만이라도 따뜻한 화덕이기를 바랐던 고흐야말로 감자로 저녁 한 끼를 대신하던 그림 속의 가난한 사람들에게 따뜻한 화덕 그 자체가 아닐까 생각하면서 그녀는 그림 속 가족들의 손을 더욱 깊이 들여다 봅니다.

꽃을 그리다

그녀는 다섯 달째 문화 센터에서 '식물 세밀화 그리기' 수업을 듣고 있습니다. 인물화나 풍경화 수업이 아닌 식물만 그리는 수업에 다니는 건 꽃과 나무들을 워낙 좋아해섭니다.

그러나 한편으론 떠나버린 남자 친구를 빨리 잊는데 좋을 것 같아서였습니다. 평범한 그림보다는 머리카락을 그리듯이 한 올 한 올 집중해서 그려야 하는 세밀화가 다른 생각을 잊기에 제일 좋을 것 같았죠.

그런데 수업을 들으면서 새롭게 알게 된 사실도 많았습니다. 그동안 꽃과 나무를 그리는 이들은 그 어느 그림보다도 다채로운 색깔을 더 예쁘게, 더 많이 사용할 거라고 생각했었죠. 그러나 기록에 남기거나 연구 발표를 위해 식물들을 그리는 세밀화가나 학자들은 오로지 검은색 잉크만 사용한다고 합니다.

색깔을 입히면 훨씬 더 사실적으로, 더 멋지게 보일 텐데 왜 군이 흑백으로만 그릴까, 기록이나 연구 발표용 그림에 색깔까지 입히는 게 시간과 비용 낭비여설까, 처음엔 그렇게 짐작했었죠.
하지만 진짜 이유는 그게 아니었습니다. 같은 종류의 식물들도 자라는 곳의 기후나 흙, 주위 환경에 따라서 나무나 잎의 색깔이 미묘하게 차이가 난다고 합니다.

특정한 색깔로만 그리고 기록하면 그 꽃은 오직 그 색깔만 가진 꽃으로 고정이 되죠. 똑같은 꽃인데 환경에 따라 다른 색깔로 핀 꽃은 자칫 잘못되거나 틀린 꽃, 다른 꽃으로 여겨질 수도 있는 겁니다. 그래서 기록용이나 연구 발표 때는 식물들의 그림에 특정한 색깔을 입히지 않고 흑백으로만 그리는 것이지요.

물론 그녀는 기록을 위해 세밀화를 그리는 식물학자가 아니니까 꽃과 나무들에 마음껏 색깔을 입히곤 합니다. 분홍, 노랑, 보라, 하양⋯. 무슨 색깔이든 마음껏 쓰죠.

그러면서 그녀의 마음도 조금씩 변해갑니다. 그와 헤어진 뒤로 남자는 다 나쁜 놈들이라는 한 가지 생각에만 사로잡혀 있었죠. 다시는 남자라는 종족을 사귀지 않겠다고 결심까지 했었습니다.

하지만 이제는 남자도 단 한 가지 색깔이 아니란 생각을 합니다. 그가 나쁜 자식이었던 게 아니라 사랑에 대한 생각이 나와 달랐던 것뿐이라는 생각도 합니다. 이제 그와는 다른 색깔의 남자를 만나서 다시 그 풋풋한 연애 감정에 빠지고 싶다는 생각도 듭니다.

촘촘하디 촘촘한 세밀화가 사랑에 대한 마음을 오히려 시원하고 드넓게 바꿔주고 있는 겁니다. 그러니 상처 속에 가만히 웅크려 있지 않고 뭐든 하려고 나섰던 스스로가 너무나 다행스럽고 뿌듯하기까지 합니다.

신비한 사전

우리말 연구가 박남일의 책『우리말 풀이사전』에는
이런 문장이 나옵니다.

　___ 마당가에 피는 꽃들은
　아침이면 식구들이 차례로 끼얹어 주는 나비물을 맞으며
　하루를 시작한다.

'나비물'은,
나비가 날갯짓 하듯 가볍게
옆으로 쭈욱 흩뿌려 주는 물입니다.
예전엔 마당에서 세수하고 난 뒤에
그 허드렛물을 마당가 꽃나무들한테

'나비물 기법'으로 뿌려주곤 했지요.

      ___ 딸아이는 새근새근 숨을 몰아쉬며
      행복한 표정으로 나비잠을 자고 있다.
      모처럼의 여행이 조금은 고단했던 모양이다.

'나비잠'은,
어린아이가 반듯이 누워
팔을 머리 위로 벌리고 자는 잠을 말합니다.

세상에는 우리가 잘 모르고 잘 안 쓰는
어여쁜 말들이 얼마나 많을까요.

소나기술, 꽃잠, 두더지혼인, 비꽃….

그러고 보면 국어사전도
참 재밌고 훌륭한 필독서입니다.

우리말 수첩

스트레스가 심해지면 그녀에겐 공황장애 비슷한 증세가
찾아듭니다.
공황장애 '비슷한' 증세가 있다고 표현하는 건 병원에서
정확히 그런 진단을 받은 적은 없기 때문입니다. 뒤집어
말하면, 정확한 진단을 받기 위해 병원엘 가 본 적이 없
다는 뜻이기도 합니다.

그러나 책이나 인터넷에서 본 모든 정보를 종합해 보면
거의 공황장애가 확실하다는 자가 진단이 나옵니다.
심할 때는 시내버스 타기도 힘들 정도여서 일상생활에
어려움이 많았지만 이젠 아주 큰 스트레스에 시달릴 때
말고는 모르듯 지나갈 때가 대부분입니다.

병원도 안 가고 약도 안 먹으면서 그녀가 이 정도까지 극복할 수 있었던 건 순전히 심호흡과 책과 단어 노트 때문이었습니다. 공황장애에 관심이 있는 친구들은 심호흡과 책은 알겠는데 단어 노트는 뭐냐고 묻곤 합니다.

사실 이건 너무 개인적인 비법이라서 다른 사람에게도 통할지 자신은 없습니다. 하지만 그녀는 그 단어 노트 덕을 정말 많이 봤습니다.

단어 노트는 말 그대로 평소에 듣거나 읽기만 해도 마음이 가라앉는 단어나 문장들, 개인적으로 아주 좋아하는 단어나 문장들만 적어 놓은 노트입니다.

가령 어느 페이지에는 트럼펫, 사슴, 안개, 들국화, 가로등, 기차역, 이런 단어들이 크고 작게 적혀 있죠. 또 어느 페이지에는 '순항'이란 단어 옆에 작은 배가 그려져 있기도 합니다.

그런 단어 노트를 매일 가방 속에 지니고 다니다가 공황장애의 기습으로 호흡이 가빠지고 죽을 것처럼 불안해지면 얼른 꺼내들죠. 그리곤 그 단어나 문장들을 가만히 소리 내어 읽거나 생각합니다. 그러면 어느덧 가빴던 숨과 불안이 차분히 가라앉곤 하죠.

여기까지 얘기하면 친구들의 표정은 거의 '그럴 리가'입니다. 그러면 그녀는 어쨌든 나한테는 치료 효과 백 프로다, 라고 덧붙이죠. 친구들은 그런 그녀에게 말합니다. 넌 소설가니까 그럴 수도 있겠다.

그럴지도 모르지만 어쨌든 그녀는 마음이나 정신적인 병은 때로 스스로 진단하고 스스로 고칠 수도 있다고, 나 자신만을 위한 지극히 개인적인 요법을 찾아낼 수도 있다고 믿습니다. 의사들이 들으면 큰일 날 생각이라고 하겠지만요.

⋮

내가,

⋮

사랑한

젊은 암석

고생물학자이자 지질학자인 최덕근 교수가 쓴 책 『내가 사랑한 지구』에는 이런 구절이 나옵니다.

___2004년의 마지막 일요일,

지구환경과학부 교수들과 함께 타이베이로 가는 비행기에 몸을 실었다. 연구 환경이 비슷한 타이완의 몇몇 대학과 연구 기관을 둘러 보고 우리 학문의 위상을 점검하기 위해서였다.

타이완은 처음 방문하는 곳이다.

나는 주로 5억 년 전의 암석을 연구하고 있기 때문에 대부분 1억 년보다 젊은 암석으로 이루어진 이곳을 방문할 기회가 없었다.

1억 년쯤 된 암석을 젊다고 하다니, 시간에 대한 감각이 강풍을 맞은 우산처럼 휙 뒤집히는 기분입니다. 무엇보다 너무 시적이어서 시를 공부하는 그녀로선 그 구절을 얼른 습작 노트에 옮겨 놓지 않을 수 없습니다.

그리곤 상상해 봅니다. 5억 년 전의 암석은 어떤 것들일까, 5억 년 전의 암석을 연구한다는 건 어떤 일일까, 5억 년 전의 지구는 어땠을까, 5억 년이란 과연 어떤 시간일까, 그리고 그보다 젊은 1억 년의 암석은 또 어떤 존재이고 시간일까.

생물학과 지질학이 시적 상상력을 아득히 먼 곳까지 확장시켜 주는 느낌이 듭니다. 이런 이유 때문에, 시를 쓰기 위해선 시만 공부하면 된다고 생각했던 그녀는 요즘 온갖 분야의 책을 닥치는 대로 다 읽곤 합니다. 그러자 시에 갑자기 나무와 숲이 생기고 퇴적층이나 현무암도 보이고 형광빛을 가진 심해어들도 오가는 느낌입니다.

인생은 짧고 예술은 길다지만 사실 인생은 가늠할 수조차 없이 깁니다. 1억 년의 애송이 암석들은 명함도 못 내밀 5억 년, 50억 년을 연구하고 상상해 보는 사람이 있는 한은.

평범한 천재들

사카모토 류이치는 일본 출신의 작곡가이자 피아니스트이면서 영화에도 출연한 배우입니다.

베르나르도 베르톨루치 감독의 영화 「마지막 황제」의 음악을 맡아 동양인 최초로 아카데미 음악상에 골든글로브상, 그래미상까지 연거푸 수상한 실력자죠. 동일본 대지진 때는 폐허 속에서 건져낸 피아노를 연주해서 화제가 되기도 했었습니다.

2014년 갑작스럽게 인후암을 선고받고 모든 활동을 중단했지만 다행히 건강을 회복해서 최근엔 자신의 음악 인생을 다룬 다큐멘터리 영화도 찍는 등 다시 활발한 활동을 하고 있습니다.

그런 그가 인터뷰할 때마다 즐겁게 회상하는 일이 하나 있습니다. 영화 「마지막 황제」의 음악을 맡았을 때의 일화입니다.

그날은 영화 속 한 장면에 들어갈 곡을 녹음하기 위해 오케스트라가 이미 스튜디오에 대기 중이었죠. 그런데 갑자기 베르톨루치 감독이 곡을 수정해 달라고 요구합니다.

류이치는,

___ 오케스트라 단원 40명이 녹음을 위해 기다리고 있는데 지금 곡을 고치는 건 무리다.

라며 고개를 저었습니다.

그러자 베르톨루치 감독은 그저 툭, 한마디만 던집니다.

    ＿＿ 엔니오 모리꼬네는 바로 해주던데….

발끈한 류이치는 결국 고쳐보겠다고 대답하고는 그 한 장면을
위해서 일주일 만에 마흔다섯 곡을 새로 작곡했다고 합니다.

류이치의 일화를 떠올릴 때면 지휘자 겸 피아니스트이자 영화
음악에 뛰어난 재능을 가진 음악가가 또 한 사람 떠오릅니다.
영화 「지지」, 「마이 페어 레이디」 등의 음악을 맡아 아카데미
음악상과 그래미상 등을 여러 번 받았던 앙드레 프레빈입니다.
'이류 음악이라고 여겨지는 것들에 생명을 불어넣는 일류 지휘
자'라는 찬사를 받았던 그에게도 사카모토 류이치와 비슷한 일
화가 있습니다.

그가 런던 심포니 오케스트라의 수석 지휘자로 있을 때의 일
입니다. 어느 날 그는 그동안 계약을 맺어왔던 음반사를 찾아
가 이제 그만 계약을 끝내겠다고 말하죠. 그 얘길 들은 담당자
역시 그저 툭, 한마디만 던집니다.

＿난 항상 카라얀과 연락을 하고 지낸답니다.

그 말에 프레빈도 결국 그 음반사를 떠나려던 마음을 접었다
고 합니다.

우리랑은 다른 사람들일 것 같은 세계적인 거장들도 동료와
비교를 당하면 발끈하면서 자신의 고집이나 계획을 금세 취소
하거나 물리니, 질투심이나 경쟁심에는 위대한 이들이나 평범
한 사람들이나 거기서 거기란 생각이 듭니다. 한편으론 그런
그들에게 친근감이 느껴지기도 합니다.

덕분에 애써 끝낸 일을 다시 해야 할 때면 그 대가들을 떠올립
니다. 그러면서 그런 대가들도 다시 해 달라고 하면 다시 했는
데 내가 뭘…, 생각하곤 합니다.

자학이나 자기 비하에서가 아니라 다시 하기 싫은 일을 기꺼
이 다시 하기 위해서, 키가 안 닿는 높은 곳에 있는 물건을 꺼
낼 때 발밑에 발판을 놓는 심정으로, 그들의 일화를 떠올리곤
하는 겁니다.

여동생의 집

여동생 집에 갈 때마다 그녀는 그 깨끗함과 단정함에 번번이 놀라곤 합니다. 아이들도 셋이나 되는데 어떻게 이렇게 한결같이 깨끗할 수 있을까. 어쩌면 이렇게 꼭 필요한 것들만 꼭 필요한 장소에 있는 느낌일까. 모든 게 다 갖춰져 있으면서도 한편으론 아무것도 없는 듯 시원한 느낌. 매번 진정한 미니멀 라이프와 심플 라이프의 모델 하우스에 들어선 느낌을 받곤 하죠.

그런 집에 걸맞게 동생 집에는 유난히 많은 게 두 가지 있는데 바로 수세미와 고무장갑입니다. 설거지용에서부터 청소용까지 용도가 다 다른 수세미와 고무장갑만은 그 어느 집보다 많죠.

그걸 볼 때마다 청소를 얼마나 전문적으로 하고 사는 건지, 더욱 놀랍고 반성이 되기도 합니다. 자매인데 어떻게 이렇게 다를까, 신기하기도 하죠.

덕분에 동생 집에 다녀온 날이면 인터넷으로 온갖 청소나 정리법을 찾아보기도 합니다.

그러다 가장 최근에 알게 된 것이 일명 '곤마리 청소법'입니다. 일본의 정리 전문가인 곤도 마리에의 이름을 딴 청소법인데, 요즘 전 세계적으로 열풍이다시피 인기를 얻고 있는 그 청소법의 핵심은 '기쁨과 설렘'입니다.

곤도 마리에의 말을 옮기자면,

　　　무슨 물건이든 손으로 쥐거나, 잡거나, 만져보라. 그럴 때 그 물건이 기쁨과 설렘을 주지 않으면 가차 없이 버려라.

는 청소법이죠.

'스파크 조이 spark joy 식 청소법'으로도 불리는 이 청소법에 대해선 비판도 많습니다. 현대와 같은 물질주의 시대에는 기쁨을 주지 않는 물건을 버리는 규모와 속도 이상으로 새로운 물건을 사는 기쁨에 대한 욕망이 우리들 마음속을 질주하기 쉽죠. 곤마리 청소법은 그 점을 간과한 탓에 오히려 계속 새 물건을 사는 기쁨에 취하게 하는 소비주의적 미니멀리즘이 되기 쉽습니다. 그러니 진정한 청소법이라면 기쁨이나 설렘보다 물질주의적인 욕망을 다스리는데 더 집중해야 한다는 비판입니다.

그것도 맞습니다. 결국 여동생 집처럼 깨끗하고 정갈한 분위기의 집을 가지려면 두 가지를 다 활용해야 할 것 같습니다. 더 많이, 더 비싼 걸, 더 새로운 걸 갖고 싶다는 마음속 욕망도 잘 조절하면서 지니고 있는 물건들 중에 더는 기쁘거나 설레지 않는 것들은 과감히 버리는 것.

그녀는 광채가 나듯 깨끗하고 단정한 여동생 집을 떠올리면서 집안의 오분의 일을 비워 내겠다는 마음으로 일단 청소를 시작해 봅니다.

성공할 자신이 없기는 하지만….

너 나 사랑해?

요즘은 '알렉스'나 '시리' 같은 가정용 인공 지능 로봇을
사용하는 집들도 많아졌습니다.
미국에서 그런 인공 지능 로봇을 상대로
사람들이 가장 많이 하는 질문 3가지를 조사해 보니,

1위, 계란 어떻게 삶아?
2위, 너 나 사랑하니?
3위, 확실해?
였다고 합니다.

로봇에게 날 사랑하냐고 묻는 이들의 심리도 궁금하지
만 그 답도 궁금한데 로봇의 대답은 이렇다고 합니다.

___ 외로우신가 보네요.

**인공 지능 로봇의 감정이
인간의 감정보다
더 섬세해질 날이
멀지 않은 것 같습니다.**

어떤
낭만적인 모임

다산 정약용은 조선 후기 최고의 실학자이자 문장가였습니다. 그런 그가 쓴 글 중에 「소서팔사消暑八事. 더위를 피하는 여덟 가지 방법」라는 것이 있습니다. 거기서의 소서는 작은 더위, 큰 더위 할 때의 소서가 아니라 더위를 소거한다, 없앤다는 뜻의 소서입니다.

그 소서법은 모두 다 조선 시대 선비들에게만 해당되는 피서법으로 이런 방법들입니다.

소나무 밭에서 활쏘기 / 느티나무 밑에서 그네 타기
넓은 정각에서 투호하기 / 대자리 깔고 바둑 두기
연못에서 꽃구경하기 / 숲속에서 매미 소리 듣기
비 오는 날 한시 짓기 / 달밤에 개울가에서 발 씻기

사실 요즘 따라했다가는 오히려 더위 먹기 딱 좋은 것들이 대부분입니다. 요즘 선비들의 피서법은 오직 한 가지, 에어컨뿐이라는데 말이죠. 그러니 이제 피서에 관한 한 조선 선비들의 풍류나 낭만은 애초에 바랄 수가 없습니다.

하지만 정약용의 또 다른 글인 『여유당전서與猶堂全書』에는 지금도 여전히 남녀노소 누구나 따라할 수 있는 풍류와 낭만이 나옵니다. 그가 주위의 관리들을 모아 만든 '죽란시사竹欄詩社'란 모임에 적용했던 것들인데 피서법이 아니라 관계 유지법 혹은 만남법에 해당될 그 내용은 이렇습니다.

___ 살구꽃이 피면 한 번 모이고 복숭아꽃이 피면 한 번 모인다. 한 여름에 참외가 익으면 한 번 모이고 가을이 되면 서련지에 연꽃 구경하러 한 번 모인다. 국화꽃이 피어 있는데 이례적으로 첫눈이 내리면 모이고 한 해가 저물 무렵 화분에 매화가 피면 다시 한 번 모인다.

그러면서 모일 때는 반드시 술과 안주, 붓과 벼루를 장만해서 시를 읊도록 한다는 규정도 덧붙였죠.

이런 풍류와 낭만이라면 21세기인 지금도 얼마든지 가능하지 않을까. 그도 현대식 죽란시사 모임을 하나 만들어 볼까, 생각해 봅니다.

_____목련꽃이 피면 모이고 한 여름에 바닷물에 뛰어들고 싶어지면 모이고 가을 은행잎이 길을 잔뜩 덮으면 모이고 첫눈은 연인이나 부부끼리 지내야 하니 두 번째 눈이 올 때 또 모인다.

이런 규정을 가진 모임을 한번 만들어 볼까….

_____단, 모두가 시를 짓기는 어려울 테니 모일 때는 반드시 술과 안주 그리고 음악회나 전시회, 영화나 책에 대한 얘기를 준비해 온다로 수정해서….

내친 김에 그는 모임에 부를 회원들까지도 천천히 꼽아 봅니다.

인어공주의
진짜 결말

인어공주는 바다 왕의 여섯 딸 중 막내였습니다. 그러나 그녀의 시선은 늘 인간 세상에 가 있었습니다. 어느 날 그녀는 난파된 배에 타고 있던 인간 세상의 왕자를 구해 주게 되고 그 인연으로 그를 사랑하게 됩니다. 그리곤 그 사랑을 이루겠다는 일념 하나로 마녀에게 목소리를 팔고 두 다리를 얻죠.

목소리를 잃고 만 인어공주는 왕자의 사랑을 얻는데 실패한 채 그가 다른 여자와 결혼하는 걸 지켜보게 됩니다. 절망한 그녀는 결국 한낱 물거품이 되어 바닷속으로 사라진다는 것, 그게 흔하게 알려진 인어공주의 결말입니다.

하지만 안데르센Hans Christian Andersen이 쓴 실제 『인어공주The
Little Mermaid』의 결말은 많이 다릅니다. 실제 작품에선 왕자와
의 사랑을 이루지 못하고 물거품이 될 처지의 인어공주 앞에
바람의 요정들이 나타나서 이런 제안을 합니다.

    ____ 앞으로 300년 동안 모두에게 시원한 바람을 보내주면
    불멸의 영혼을 주겠다.

그 300년은 언제부터 언제까지일까, 지금도 해당이 돼서 인어
공주가 바람의 요정 대신 사람들에게 가끔씩 시원한 바람을
보내주곤 하는 걸까.

그녀가 문득 그런 생각을 하게 된 건 발 때문이었습니다.

한 달 전쯤, 유난히 더웠던 날 아이를 데리러 어린이집엘 가다
가 계단에서 넘어지고 말았죠. 그 바람에 발가락에 금이 가서
다리에 깁스를 해야 했습니다. 한쪽 다리를 못 쓰는, 인어공주
가 된 겁니다.

얼마나 불편하고 힘이 들던지 내내 깁스 풀 날만 손꼽아 기다
렸습니다. 그러다 오늘 드디어 한 달 만에 깁스를 풀러 갔습니

다. 그런데 의사 선생님이 보시더니 깁스를 일주일 정도나 더 하라고 합니다.

깁스 풀고 나면 당장 뛰어다닐 수 있을 것 같은 마음으로 그동안 미뤄뒀던 일들이며 가야할 곳들 생각에 들떠서 왔는데 다리 묶인 인어공주 생활을 일주일 더 해야 한다니, 깁스를 처음할 때보다도 더 아득한 심정이었죠. 실망스럽다 못해 화까지 났습니다.

그러다 보니 회사까지 조퇴하고 병원엘 데려다준 아무 죄 없는 남편에게 고마워하기는커녕 괜히 짜증을 냈죠. 집에 돌아와서는 아이에게도 짜증을 냈습니다. 사실 제일 크게 짜증을 내고픈 대상은 조심성 없이 서둔 자기 자신인데 그 짜증을 애꿎은 가족들한테 쏟은 거였습니다.

그걸 알면서도 실망과 불편을 어찌지 못해 그녀는 엉덩이걸음으로 안방에 들어와 침대에 누워 버렸습니다. 에어컨 바람도 싫어하니 깁스 안쪽이 벌써 끈적한 땀으로 가득 차는 느낌입니다. 그녀는 정말 짜증난다고 누구에겐가 소리치는 듯한 기분으로 눈을 감았습니다.

얼마가 지났을까, 뭔가가 얼굴을 간질이는 느낌이 들었습니다. 상쾌하고 산뜻하고 시원한 느낌이었죠. 뭘까, 하면서 잠에서 깨는 순간 그녀는 알았습니다. 한 줄기 시원한 저녁 바람이 얼굴을 간질이고 있다는 것을요.

문득 인어공주가 떠올랐습니다. 바람의 요정이 된 인어공주가 보내주는 바람이구나, 싶었던 겁니다. 300년 계약 기간이 아직 안 끝난 걸까. 혹시 인어공주에게도 계약 기간이 일주일 정도 더 연장된 건 아닐까. 그 덕에 내가 이렇게 산뜻하고 시원한 바람을 누릴 수 있는 게 아닐까.

그녀는 최대한 빨리 나가서 남편과 아이에게 인어공주 같은, 바람의 요정 같은 사과의 미소를 전해야지 하는 마음으로 부리나케, 그러다 문득 천천히, 침대에서 내려 앉았습니다.

마루의 산책

그녀는 동물을 참 좋아합니다. 그런데 여건이 안 되서 기르지는 못하니 길을 가다가 개를 데리고 산책하는 사람을 보거나 동물병원 앞을 지나게 되면 선 채로 한참 동안 구경하는 걸로 아쉬움을 대신하곤 합니다.

개나 고양이를 기르는 친구 집에 가면 친구보다 동물들과 노는 시간이 더 많기도 하죠.

친구들이 키우는 반려동물 중에서 그녀가 특별히 좋아하고 예뻐하는 강아지가 있습니다. '마루'입니다.
마루는 남다른 데가 있는데 바로 유난히 정이 많다는 점입니다. 친구가 들려준 얘기에 의하면 마루는 이렇습니다.

친구네가 마당 있는 집에서 살던 땝니다. 지금처럼 목줄을 꼭 해야 했던 시절이 아닌데다 자유롭게 키웠기 때문에 마루는 가끔 혼자 집 밖을 나갔다 오곤 했죠.

그런 날이면 마루는 가끔 떠돌이 친구들을 데려왔습니다. 여기저기 털이 빠지고 몸 어딘가에 상처가 난 친구들이었죠.

그 친구들이 대문 앞에서 망설이는 듯 주춤대기라도 하면 마루는 뒤를 돌아보면서 괜찮다는 듯이 고갯짓을 합니다. 그리곤 마당으로 들어오게 해서 자신의 밥을 내어주죠.

마당까지 데리고 왔는데 행여나 밥그릇이 비어 있으면 마루는 애처로운 표정과 울음소리로 가족을 부릅니다. 그런 날엔 평소 미친 듯이 좋아하던 간식을 줘도 떠돌이 친구들에게 양보한 채 멀찍이 비켜서 있는다고 합니다.

그런 마음 씀씀이에 친구 가족들은 마루를 예뻐하지 않을 수 없었죠. 마루에게서 많은 것들을 배웠다고 친구는 말했습니다.

반려동물은 키우는 주인을 닮는다는 얘기가 있습니다. 친구와 친구 가족들을 생각해 보건대 아마 마루가 친구네 가족들에게서 정 많은 성격을 배웠을 확률이 더 클 겁니다.
그러고 보니 마루도, 친구도, 본 지가 꽤 됐습니다. 전화나 해볼까 하는데 그 마음을 읽은 듯 친구로부터 문자가 들어옵니다.

___ 마루가 너 언제 놀러 올 거냐고 묻는데, 오늘 올래?

해야 할 일이 산더미지만 그녀는 다 미루고 친구 집으로 출발합니다. 마루와 친구가 좋아하는 간식을 각각 챙겨들고 가서 마루와 친구의 너그러운 에너지를 흠뻑 전염 받고 와야겠습니다.

할아버지의 편지

워낙 오랫동안 베스트셀러에 올랐던 유명한 소설이니
대부분 다 알겠지만, 히가시노 게이고의 소설에 나오는
'나미야 잡화점'은 변두리에 있는 작은 문방구입니다.
삼십 년 전 주인 할아버지가 세상을 떠난 뒤 이제는 폐
가나 다름없어진 빈 가게죠.
하지만 할아버지가 살아있을 땐 주간지에서 취재를 올
정도로 유명한 가게였습니다. 할아버지가 편지로 사람
들의 고민을 상담해 주었기 때문입니다.

처음 할아버지가 고민 상담을 시작했을 땐 아이들이든
어른들이든 장난으로 보낸 것 같은 편지들이 더 많았었
습니다. 산타클로스가 왔으면 좋겠는데 굴뚝이 없어서

고민이에요, 이런 편지에서부터 삼십 통의 편지를 한꺼번에 부친 경우까지, 장난하듯 보낸 편지가 대부분이었죠.

그런데도 할아버지는 그 편지들에 일일이 답장을 써줍니다. 특히 삼십 통을 한꺼번에 보낸 편지에까지도 모두 일일이 답장을 해주죠. 아들인 다카유키는 그런 아버지를 답답해 합니다. 그러자 할아버지는 아들에게 말하죠.

    ____ 못된 장난질이 됐든 뭐가 됐든 나미야 잡화점에 이런 편지를 보낸 사람들도 다른 상담자들과 근본적으로는 똑같아. 마음 한구석에 구멍이 휑하니 뚫리고 거기서 중요한 뭔가가 쏟아져 나온 거야. 인간의 마음속에서 흘러나온 소리는 어떤 것이든 절대로 무시해서는 안 돼.

심리학자들에 의하면 남의 고민을 듣고 상담해 주는 사람한테 가장 중요한 것은 '진정성'이라고 합니다. 인간의 마음속에서 흘러나오는 것은 무엇이든 절대로 무시하지 않는 것. 할아버지는 상담 교육도 전문적으로 받지 않았을 텐데 진정성의 소중함을 어떻게 알았을까…. 아마 스스로 평생을 진정 어린 태도로 살아왔기 때문이겠죠.

아니나 다를까, 할아버지가 답장을 보낸 지 얼마 안 돼 앞의 삼십 통의 편지와 똑같은 필체의 편지가 한 통 옵니다. 거기엔 단 세 마디가 적혀 있었습니다.

　　　＿＿잘못했습니다. 죄송합니다. 고맙습니다.

삼십 년이 지난 뒤, 그렇게 할아버지가 지켰던 나미야 잡화점에 세 명의 좀도둑들이 몸을 숨기러 들어옵니다. 그리곤 엉겁결에 할아버지를 대신해 고민 상담 편지를 쓰게 되죠.

나미야 잡화점으로 그녀도 상담 편지를 보내고 싶어집니다. 바다 건너 먼 나라에서 온 그 고민 편지에 혹시 할아버지나 좀도둑들은 이렇게 답장을 보내려나요.

　　　＿＿내가 몇 년째 상담 글을 읽으면서 깨달은 게 있어. 대부분의 경우, 상담자는 이미 답을 알아. 다만 상담을 통해 그 답이 옳다는 것을 확인하고 싶은 거지.

그러면 그녀도 답장을 써야 하겠죠.

　　　＿＿맞습니다. 고맙습니다.

내가 사랑한 얼굴

영화 「바르다가 사랑한 얼굴들」을 봤습니다. 여성 감독 아녜스 바르다가 연출하고 직접 출연까지 한 이 작품은 뉴욕 타임즈로부터 '2017년 최고의 영화'로 선정되기도 했습니다.

영화 속에서 여든여덟 살의 감독은 서른세 살의 청년 사진작가이자 설치 미술가인 제이알JR과 함께 시골 마을엘 찾아가서 그곳 주민들의 얼굴을 찍습니다. 그리곤 대형 벽화 크기로 인화해 그 사람의 집이나 창고 혹은 마을 건물의 바깥벽에 붙여주는 예술 프로젝트를 진행하죠.

예술 프로젝트의 주인공이 된 이들은 그 벽화 사진을 보고 모두 다 깊은 감동을 받습니다. 폐광된 탄광촌에 마지막으로 남아 있던 여인은 집 바깥벽에 대형 광고판처럼 붙여진 자신의 얼굴을 마주하자마자 눈물 흘리고, 수백 개의 대형 컨테이너 박스에 붙여진 자신들의 대형 사진을 마주한 항만 노동자들의 아내들도 마찬가지로 감격의 눈물을 흘립니다. 다른 마을 사람들도 모두 똑같았습니다.

자신들의 얼굴에 서린 그동안의 힘들고 굴곡진 삶이 새삼스럽고, 그런 얼굴과 삶이 하나의 예술 작품이 된 게 신기하고, 그동안 하찮게만 여겼던 자신의 인생이 갑자기 크게 인정받는 느낌이 들어 저절로 벅찬 눈물을 흘리는 겁니다.

영화 속 대형 벽화 사진들을 보면서 그녀는 내내 아버지를 떠올렸습니다.

아버지는 뺨에 커다란 흉터가 있었습니다. 태어날 때부터 그랬다고 합니다. 그런 아버지가 성인이 되어 선택한 직업은 용접이었습니다. 일을 할 때 마스크로 얼굴을 가릴 수 있고 얼굴의 흉터도 일을 하면서 얻은 것처럼 말할 수 있어서였습니다. 무엇보다 용접할 때 나는 커다란 소음이 평생 들려왔던 사람들의 쑤군거림을 막아주는 느낌이었다고 합니다.

그런 아버지를 부끄러워했던 시절이 물론 그녀에게도 있습니다. 그러나 그건 어릴 적 한때였을 뿐 그 후로는 아버지를 창피해한 적이 없습니다. 오히려 가족을 위해서라면 더한 흉터도 상관없다던 따뜻하고 자애로운 아버지가 늘 자랑스럽고 든든했습니다. 그녀가 빨리 돈을 벌어 성공하고 싶었던 건 오직 그런 아버지를 생각해서였습니다.

그러니 영화를 보는 내내 아버지를 바르다의 카메라 앞에 서게 할 수 있다면 얼마나 좋을까, 커다란 흉터가 있는 아버지의 대형 얼굴 사진을 대문 밖에 걸어 놓고 당신의 인생이야말로 그 어떤 위대한 예술 작품 못지않다고 뜨겁게 박수를 쳐드릴 수 있다면 얼마나 좋을까, 생각했죠.

하지만 이제는 혹 바르다가 달려와도 그럴 수 없는 아버지. 너무 안타깝고 가슴 아프지만 그래도 아버지 세상 떠나기 전에 온 가족이 사진관에 가서 사진이라도 찍어 두어 얼마나 다행이었나 생각하면서, 그녀는 영화가 끝날 때까지 내내 아버지의 흉터 진 얼굴을 떠올렸습니다.

세상에서 가장 놀라운 일

결혼하고 남편을 따라 미국으로 간 그녀는 결혼 사 년
만에 첫딸을 낳았습니다. 그녀의 어머니는 딸의 산후조
리를 도우러 바로 미국으로 왔죠.

딸은 그런 엄마가 반가우면서도 한편으론 걱정스러웠습
니다. 엄마가 미국으로 올 무렵 엄마의 여동생, 즉 작은
이모의 건강이 심각하게 나빠졌기 때문입니다. 자칫하
면 엄마가 미국에 와 있는 동안 운명을 달리할지도 모를
정도였습니다.

그 이모는 나이는 다섯 살 어리지만 외할머니가 일찍 돌
아가시는 바람에 언니를 엄마처럼 알고 자라왔습니다.

엄마 역시 여동생을 딸처럼 아껴왔죠. 그러니 만약 엄마가 자리를 비운 새에 이모가 정말로 눈을 감기라도 한다면 엄마는 미안함과 죄책감으로 평생 고통 받을 게 틀림없습니다.

엄마도 그 사실을 모르지 않아서 말은 않지만 내심 걱정과 불안이 큰 것 같았습니다. 그럼에도 딸과 갓 태어난 손녀를 위해서 아무 내색도 하지 않으려 애쓰는 게 그녀 눈에는 다 보였습니다.

결국 그녀는 어느 순간 안 되겠다는 생각이 들었습니다. 서울에서 들려오는 이모의 병세도 하루가 다르게 심각했습니다. 그녀는 그토록 그리웠던, 그야말로 눈앞에 보고 있어도 그리워지는 엄마였지만 등을 떠밀다시피 한국으로 돌아가시도록 했죠.
이모는 엄마가 귀국할 것을 기다렸다는 듯 병원으로 달려간
엄마를 보고는 삼 일을 더 견디다가 눈을 감았습니다. 나중에
친척들은 말했죠. 동생이 어떻게든 언니를 보고 가려고 며칠
을 더 견딘 거라고요.

그녀는 미국에서 그 소식을 듣고 눈물을 쏟았습니다. 그녀도
당장 한국으로 달려가고 싶었지만 모두가 말리니 그럴 수도
없어서 더욱 더 눈물만 쏟았죠. 딸 같은 이모를 잃은 엄마가
걱정되기도 했습니다.

그러면서 한 생명은 태어나고 한 생명은 스러지는 '태어남과 죽
음'의 이치에 대해, 그 사이에 놓인 삶에 대해, 새삼 철학적이고
도 종교적인 질문과 대답들이 여러 갈래로 떠오르기도 했죠.

죽음을 생각하는 게 갓 태어난 아기에게는 너무나 미안했지만
오래전 감명 깊게 읽었던 『바가바드 기타*Bhagavad Gītā*』에 나오
는 한 구절이 생각나기도 했습니다.

___세상에서 가장 놀라운 일은, 인간은 누구나 죽기 마련
인데 전혀 죽을 거라고는 생각지 않고 산다는 점이다.

그 구절에서의 '놀랍다'의 진정한 의미는 어이가 없거나 어리석다는 뜻이겠죠. 그러니 그녀는 죽음으로 인해 유한해지는 인생을 그럴수록 매 순간 소중하게, 눈부시게 살아가리라, 굳게 결심해 봅니다.

소중한
무언가를 잃었다면

『상실 수업*On Grief and Grieving*』이란
책에 나오는 장면입니다.

연달아 상을 당해 비통해 하는 딸에게
어머니가 장례식 전에 충고를 합니다.

　　＿＿지난번엔 마스카라가 눈물에 다 번져
　　네 몰골이 어땠을지는 생각해 봤니?
　　그때처럼 소란 피우지 않도록 해라.

눈물이 화장을 망칠 테니
너무 심하게 울지 말라는 이야기였죠.

딸에게 그렇게 충고하는 어머니가 있을까 싶지만
어쨌든 그러자 딸이 대답합니다.

___눈물을 흘리지 않으면
대신 무엇이 망쳐질지 알고 계시나요?

소중한 무언가를 잃었을 땐
마스카라가 번지든 말든 실컷 울어야 합니다.

그럴 거면 차라리 화장을 하지 말라는 조언도,
별롭니다.

사소하지만,
근사한

도서관에서 밤늦게까지 기말고사 시험공부를 하던 그녀는 집에 돌아오는 길에 도서관 앞에 놓인 『대학 내일』이란 잡지를 가져왔습니다. 재밌는 글과 기사가 많아서 늘 챙겨 보는 잡지 중의 하나였죠.

그 책을 무심코 뒤적이다 '소능력자들'이라는 특집 기사에 실린 대화 글을 봤습니다. 그 기사를 기획하게 된 계기에 대한 이야기였습니다.
어느 날 담당 기자가 후배에게 물었답니다.
"넌 뭘 잘하니?"
그랬더니 후배가 바로 대답합니다.
"그런 거 없어요. 전 완전 무능력자예요."

순간 괜한 걸 물었구나 싶어 미안해지려는데 후배가 신나는 목소리로 다시 대답합니다.

"저 휴대폰에 액정 보호 필름 하나는 기가 막히게 잘 붙여요!"

그 말에 담당 기자는 자신도 모르게 "뭐야. 능력자네!"했는데 바로 그 순간 '소능력자들'이란 기획 기사가 탄생했다고 합니다.

기사에는 과연 사소하지만 특이한 소능력의 소유자들이 잔뜩 등장합니다. 가령, 햄버거를 반으로 깔끔하게 자를 수 있는 사람, 스물두 시간을 자도 허리가 안 아픈 사람, 식욕은 못 참아도 치과 같은 데서 고통은 잘 참는 사람, 노트북의 '스티커 메모'를 깔끔하게 잘 정리하는 사람 등등. 대단한 소능력자들이 줄줄이 등장합니다.

그 등장을 지켜보다 보니 어느새 소능력자들이란 말에서 '소'자가 저절로 떨어져 나갑니다. 그들 모두 나름 능력자들인 겁니다.

혹시 잘하면 나도 그 능력자들 범주에 한쪽 발쯤 걸칠 수 있지 않을까, 그녀는 현미경을 든 손으로 그녀 안에도 분명히 한두 개쯤은 있을 능력자의 소질을 찾아봅니다. 본인 귀든 남의 귀든 아프지 않게 잘 파는 것, 이런 것도 '능력'의 범주에 들어갈까요?

타인의 평가

엘렌 랭거는 하버드대학교의 심리학과 교수입니다. 여름 방학이 되면 그녀는 항상 비슷한 하루를 계획하죠. 아침에는 테니스를 치고, 점심은 친구들과 함께 먹고, 오후에는 저녁 식사 전까지 글을 쓰는 하루를 말입니다.

그러던 어느 해 여름 방학, 화가 친구를 만났을 땝니다. 친구가 오늘은 무얼 할 거냐 묻자 그녀는 자신도 모르게 대답하죠.

___ 하루 종일 그림을 그려 볼 거야.

생각지도 않게 불쑥 나간 말이어서 말을 한 그녀 자신조

차도 어리둥절할 지경인데 친구는 잘됐다는 표정을 지으면서 그녀를 자신의 화실로 데려갑니다. 그리곤 다섯 장의 큰 캔버스를 주면서 말하죠.

＿＿첫 작품을 너무 소중하게 생각지는 마.

그녀는 나중에 또 다른 화가 친구로부터도 이런 말을 듣습니다.

＿＿일단 무조건 그려 봐, 평가하지 말고.

두 친구의 조언이 담고 있는 뜻은 똑같았습니다. 처음부터 좋은 평가나 뛰어난 찬사를 기대하지 말라는 것. 그런 기대감 때문에 오히려 실망해서 애써 시도한 그림을 금세 그만두지 말라는 뜻이었죠.

사실 심리학자인 그녀야말로 잘 알고 있었습니다. 평가에 얽매이는 것이야말로 자신을 초라하게 만드는 지름길이란 것을. 그러니 그녀는 인생의 새로운 경험으로 그림 그리기 자체를 즐길 뿐 평가에는 일체 신경 쓰지 않기로 합니다. 덕분에 그림 그리기는 계속 이어질 수 있었죠. 그리고 나중에는 화가로까지 활동할 수 있게 됐습니다.

이야기의 주인공인 엘렌 랭거처럼 그에게도 문득 그림을 그려 보고 싶었던 날이 있었습니다. 그래서 퇴근 후 동네 화실에 다니기도 했죠.

그러던 어느 날, 수업 시간에 마른 북어를 그리게 됐습니다. 그는 그동안 실력이 꽤 늘었을 거라는 자신감을 갖고 스케치를 했죠. 그런데 같이 수업을 듣는 수강생들의 평가는 혹독하기만 했습니다. 그날 이후, 그는 더 이상 화실에 나가지 않았습니다.

만약 그때 엘렌 랭거의 이야기를 알았다면 그 정도 평가에 상처 받아서 모처럼 마음이 내는 소리를 따라 열정을 갖고 시작했던 취미를 그렇게 쉽게 그만두지는 않았을 텐데….

그는 문득 다시 그림을 그려 볼까, 퇴근하다 말고 휴대폰으로 전화번호를 검색합니다.

분홍빛 가을

가을이라고 하면 우린 흔히
단풍잎의 빨간색과 은행잎의 노란색,
그리고 낙엽과 억새의 갈색을 떠올립니다.

그런데 요즘은 거기에다
한 가지 색깔이 더해지고 있다고 합니다.

바로 분홍색입니다.

가을에 분홍색이라니,
너무나도 낯선 이 풍경은
서양 억새로 알려진
'핑크뮬리' 때문입니다.

그녀에겐 왠지 염색한 인공의 색 같던데
즐기는 사람도 많다니
원래의 단풍 색과 은행잎의 노란색들이 드물어지기 전에
가을 풍경을 더 자주 봐 두어야겠다 싶어집니다.

아이스크림의
달콤함에 대하여

＿＿ 아버지는 외아들인 내가 당연히 당신의 가업을 이어받을 것으로 생각했다. 하지만 나는 나만의 길을 택하기 위해 아이스크림 왕국과 그것이 나에게 안겨 줄 엄청난 부를 택하지 않기로 결정했다.

부유하게 살 수 있는 기회를 버리고 좀 더 다른 인생을 살기 위해 내 희망대로, 내 가치관에 따라 다른 사람의 행복에 기여하는 법을 배우는 길로 접어들기로 한 것이다.

이 글을 쓴 존 로빈스John Robbins의 아버지는 이름만 대면 세상 사람들 모두가 알 만한 아이스크림 회사의 대표였습니다.

아버지는 외아들인 존 로빈스가 회사를 물려받길 바랐죠. 특히 자신의 아들이 서른한 가지의 맛을 가진 아이스크림에다 서른두 번째의 맛을 더해 회사를 더욱 번창시켜주길 바랐습니다. 하지만 아들은 아버지의 어마어마한 성공과 재산을 이어받길 거부했습니다. 부유함이 가져다준 비만과 온갖 병으로 죽음의 문턱까지 갔던 경험에서 얻은 깨달음 때문이었습니다. 어린 시절 그를 위험에 빠뜨렸던 아이스크림의 달콤함처럼 아버지로부터 물려받을 막대한 재산과 성공이 그의 삶을 오히려 큰 고통에 빠트릴 거란 걸 깨달았기 때문이었죠.

아들은 모든 상속을 포기한 채 부인과 함께 작은 섬으로 들어갔습니다. 그곳에서 그는 한 칸짜리 통나무집을 짓고 자신들이 먹을 걸 직접 텃밭에서 기르는 채식주의자가 됐죠. 그리곤 되찾아야할 지구의 건강과 기아에 시달리는 사람들을 돕기 위해 환경 운동가가 됩니다.

자신이 가진 생을 자신과 다른 모든 생명의 진정한 건강과 행복을 위해 쓰려고 노력하는 그가 그의 저서 『음식혁명*The Food revolution*』에서 이렇게 말하는 건 참으로 당연하겠죠.

___ 나는 인간의 마음속을 들여다 보며

그 안에 내재된 사랑스러운 그 무엇,

세상을 걱정하며 찬란한 빛을 비춰주는

그 무엇을 같이 본다.

더 나은 미래를 향한 소망,

우리가 이 세상에서 이뤄야 할 사명에 대한 의무감도

함께 느끼는 것이다.

모든 생물체가 굶주리지 않기를,

모든 생물체가 치유받기를,

모든 생물체가 사랑받기를….

코끼리를 기르려면

며칠 전, 그녀는 어떤 글의 제목을 보고는 고개를 갸우 뚱했습니다. 그 제목은 '기를 여건 안 되면, 코끼리 기르 지 마라.'였습니다.

여건이 안 되면 코끼리를 기르지 말라니. 코끼리를 기를 여건이 되는 사람이, 여건이 된다고 코끼리를 기를 사람 이 있기나 하단 말인가, 너무 의아하고 궁금했죠.

알고 보니 그 글은 동물원과 야생동물에 대한 것이었습 니다. 기를 여건이 안 되면 기르지 말라는 조언은 동물 원에 주는 충고였던 겁니다.

글쓴이가 그런 충고를 하는 건 코끼리만의 특별한 생태 때문이라고 합니다. 코끼리들은 모계 중심이라서 어미 코끼리를 중심으로 무리 생활을 하죠. 무리의 대장도 늘 나이가 가장 많은 할머니 코끼리가 맡곤 합니다. 그런 대장 할머니들은 나이만큼이나 경험도 많아서 어디에 먹이가 많은지, 마실 물은 어디에 있는지 잘 압니다. 그러니 이동할 때면 늘 무리의 맨 앞에 서고 어려움이 닥치면 제일 먼저 해결책을 내놓죠.

모계 중심의 동물 사회에서 물러난 우두머리들은 그 즉시 볼품없는 천덕꾸러기가 되어 따돌림을 받거나 무리 밖으로 내쫓깁니다. 그런데 코끼리는 예외라고 합니다. 대장 자리에서 물러난 후에도 따돌림이나 내쫓김 없이 무리들과 잘 지내죠.

반면에 아기 코끼리들은 네 살 무렵까지만 엄마와 함께 지냅니다. 그동안 코끼리로 살아가는 데 필요한 모든 것을 배우죠. 그러다 네 살이 넘으면 아들 코끼리들은 반드시 무리를 떠나야 합니다. 떠나지 않으면 엄마 코끼리들이 가차 없이 내쫓아버립니다. 물론 딸 코끼리들은 여전히 무리 안에 남아서 함께 지내죠.

그렇게 코끼리들은 모계 중심으로 반드시 무리를 지어서 살아

야 하는 동물입니다. 그런 코끼리를 한두 마리만 따로 떼어서
기르는 건 코끼리들에겐 지옥이나 마찬가지죠.
그러니,

　　　___코끼리들을 무리로 기를 수 있는 여건이 안 되는 동물
　　　원이라면 애초에 코끼리를 기르지 마라.

글쓴이의 주장은 바로 이것이었습니다.

앞으로 동물원의 코끼리 우리 앞에 가면 코끼리가 많은지 적
은지부터 세어 봐야 할까 봅니다. 그리곤 숫자가 많을수록 비
좁은 우리 안에 잔뜩 몰아넣고 키우다니 너무하네, 하는 생각
대신 오히려 잘 키우고 있구나, 안심해야 할까 봅니다.

솔직히 그럴 기회가 있을지 모르겠습니다. 몇 년 전부터 그녀
는 기회가 생겨도, 아무리 신기한 동물이 있다고 해도 동물원
엔 가지 않습니다. 결혼해서 아이가 생기면 생각이 바뀔지 몰
라도 그 전까지는 굳이 우리 안에 갇힌 동물을 구경 가지는 않
을 생각입니다.
그러면서도 고양이는 키우니 이것도 고양이 입장에서 보면 동
물원에 갇힌 거나 마찬가질까, 아무리 좋은 마음이어도 가둬

서 키우는 건 하지 말아야 하는 걸까. 머리가 복잡해집니다. 하지만 옳든 그르든, 자신의 행동이 모순이든 아니든, 지금 확실한 건 동물원 구경은 안 간다, 고양이는 죽을 때까지 함께한다, 이 두 가지 사실뿐입니다.

사람의 심리

월드컵 같은 국제적인 경기를 보고 있으면 사람 심리에 대해 많은 생각을 하게 됩니다. 특히 최고의 선수들이 페널티 킥을 실축할 때면 더욱 그렇습니다.

경기 중에는 그렇게 많은 방해를 받으면서도 멋지게 골을 성공시키던 선수가 페널티 킥 같이 쉬운 걸 실축하다니. 세계 최고의 선수도 어이없는 실수를 하는구나, 그게 다 긴장과 부담감 탓일 텐데 심적인 압박감은 역시 참 무섭구나, 새삼 긴 생각을 하게 되는 겁니다.

심리학자들은 이렇게 말합니다.

_____ 선수들이 페널티 킥을 실축하는 건 긴장 못지않게 공을 차기 전에 하는 결심이나 다짐 때문이다.

선수들 대부분은 페널티 킥을 차기 전에 결심을 한다고 합니다. 왼쪽을 겨냥하되 골대는 맞추지 말자라는 식의 결심이죠. 그런데 그럴 경우 공은 오히려 왼쪽 골대를 맞추고 바깥쪽으로 벗어나는 경우가 더 많다고 합니다. 그렇게 하지 말자고 결심할수록 오히려 그쪽으로 상황이나 결과가 움직이는 거죠.
그걸 심리학에서는 '역설적 실책'이라고 합니다. 역설적 실책은 당연히 긴장과 불안에 약한, 예민한 선수들에게 더 자주 찾아듭니다. 그중에서도 특히 '냉정하자.'라든지 '불안감을 밖으로 표시하지 말자.' 같은 주문을 스스로에게 너무 강하게 해대는 선수들에게 훨씬 더 자주 찾아든다고 합니다.

'굳고 강하고 잦은' 다짐이나 결심이 언제나 꼭 좋은 것만은 아니죠. 그런 결심이나 다짐이 때론 오히려 나를 넘어뜨리거나 결정적인 순간에 헛발질을 하게 할 수도 있다는 것.

그러니 오늘 하루는
지켜도 그만이고 안 지켜도 그만인
느슨하고 성근 결심들만 하자고
가볍게 다짐해 봅니다.

호박 속에
담긴 것들

그녀는 흐뭇한 미소를 지으면서 보석 상점을 나왔습니다.

보석 상점의 주인은 이렇게 힘들게 재가공한 반지는 처
음이라고 조금 생색을 내면서 반지를 곱게 포장해 주었
죠. 괜한 생색 같지는 않았습니다. 다른 곳에서는 몇 번
이나 원하시는 대로는 불가능합니다, 하면서 거절했던
일이었으니까요.

반지를 받을 어머니도 마음에 들어 하실 게 확실합니다.
어머니는 호박 목걸이를 반지로 만들 수만 있다면 어떻
든 다 괜찮다고 하셨으니까요.

어머니가 반지로 만들고 싶어 했던 호박 목걸이는 외할머니가 어머니께 남긴 유품이었습니다. 어머니는 그 유품을 외할머니 보듯 아꼈죠. 그러나 직접 하시지는 않으셨습니다. 반지면 모를까 목걸이는 답답하다고 절대 하지 않으시기 때문입니다. 그러니 목걸이를 꺼내 보실 때마다 이걸 반지로 만들 수 있으면 좋을 텐데, 그러면 매일 끼고 다닐 수 있을 텐데, 늘 아쉬워하셨죠.

그래서 막내딸인 그녀가 나선 것이었습니다. 덕분에 그녀도 '호박'이란 보석에 대해 새로운 걸 많이 알게 됐습니다.

천연의 호박은 송진이 굳어져 만들어진 거라고 합니다. 고대 그리스의 철학자 탈레스는 호박을 옷에 문지르면 정전기가 발생한다는 사실을 알아냈죠. 그로부터 호박을 뜻하던 단어 엘레크트론elektron이 오늘날 전기를 뜻하는 electricity가 된 거라고 합니다. 그러나 정작 오늘날 영어에서는 호박을 amber라고 부릅니다. 그건 한때 위세가 강력했던 아라비아어에서 받은 영향 때문이랍니다.

그러나 그녀가 제일 신기했던 사실은 호박 속의 불순물에 대한 것이었습니다.

보통의 보석은 그 안에 다른 게 일체 섞이지 않은 걸 제일 귀하게 여기죠. 하지만 호박만은 벌레나 나뭇잎 같은 불순물이 섞인 걸 더 귀하고 비싸게 친다고 합니다.

그 점이야말로 외할머니와 어머니의 삶을 연상시키기도 합니다. 그 시대 어머니들이 다 그랬겠지만 두 분의 삶에는 특히 더 불행과 절망이라는 불순물이 많이 끼어들었었죠.

두 분 모두 노년기에 접어들어서야 그런 불순물 없는 맑고 깨끗하고 잔잔한 행복을 누리셨고, 누리고 계십니다.

그러니 불순물이 많을수록 값진 호박이야말로 두 분께는 그 의미가 더욱 각별한 보석이 아닐 수 없습니다.

게다가 호박 목걸이를 어머니가 그토록 원하던 반지로 바꿔드릴 수 있게 됐으니 이번 생신 선물은 그 어느 해보다 뜻깊을 것 같아 그녀는 어머니의 생신날이 더욱 기다려집니다.

삶에도
이름이 필요하다

어느 날 한 부부가
건축가 사무실에 찾아와서는 별다른 설명 없이
"존경과 행복을 담은 집을 지어 주세요."
라고 주문했습니다.

그러자 임형남, 노은주 부부 건축가는
한쪽엔 부부의 사무실과 공방을 만들고
'존경동'이란 이름을,
다른 한쪽엔 침실과 주방, 다실을 만들고
'행복동'이라 이름 붙인 집을 만들어 주었다고 합니다.

내 집 주소도 바꿔 봐야겠습니다.
112동이 아니라 고요동으로,
503호가 아니라 오백삼 보호 같은 걸로요.

고요한 마음으로,
늘 오백삼 걸음쯤 양보하는 마음으로
살고 싶으니 말입니다.

스노볼 snowball

아일랜드의 사회학자이자 작가인 루스 퀴벨은 어느 새 해 첫날 갑자기 응급실에 실려 갑니다. 그 와중에도 그녀는 그저 심한 감기 정도려니, 다음 날이면 별일 없이 구급차가 아니라 택시를 타고 집에 돌아갈 수 있으려니, 생각하죠.

그런데 다음 날 그녀는 남편의 손을 잡고 만약 자신이 그대로 눈을 감게 되면 벌어질 일들을 미리 의논해야만 했습니다. 그런 뒤엔 곧바로 무균실로 격리됐죠.
남편은 서둘러 집엘 가서 입원 생활에 필요한 물건들을 챙겨 왔습니다. 그런데 그때 남편이 챙겨 온 물건들 중에는 작은 조약돌도 하나 포함되어 있었습니다.

그 조약돌은 지중해에 위치한 그리스령 이타카 섬으로 휴가를 갔을 때 주워 온, 무균실에 두기엔 적당치 않은 물건이었습니다.

그러나 그 조약돌이 그녀에게 엄청난 힘이 됩니다.

_____ 일주일 전 나는 엄마 노릇과 집안 살림 때문에 어쩔 줄 몰랐다. 한 달 전에는 마감일에 맞춰 일하느라 자진해서 고립된 상태로 바쁘게 지냈다. 그러나 이제 이 이상한 공간에서 나는 도무지 내 것 같지 않은 몸으로 그 모든 평범한 일상과 연결되는 무엇인가를 애타게 갈망해야 했다. 그런데 손으로 그 돌을 감싸 쥐는 순간, 그냥 단순한 휴가 기념품이었던 그 무생물이 갑자기 나를 지탱해 주고 있다는 느낌이 들었다.

사소하고 쓸모없던 기념품 하나가 무균실의 그녀에게, 예전의 평범한 일상으로 반드시 돌아갈 수 있다는 힘을 준 거였습니다. 그 후 실제로 그녀는 내일을 장담할 수 없던 갑작스런 병에서 무사히 회복됩니다. 그 뒤부턴 어떤 사소한 물건에라도 특별한 힘이 깃들 수 있다는 걸 명심하면서 지냅니다.

심리학자 살마 로벨에 의하면, 사람들의 생각이나 행동은 어떤 표면을 가진 물건을 만지느냐에 따라서 바뀔 수 있다고 합니다. 겉이 부드러운 물건을 만지면 마음이나 행동도 부드러워지고, 날카롭고 험한 물건을 만지면 행동도 덩달아 그렇게 된다는 겁니다.

그녀는 고개를 끄덕이면서 책상 위 컴퓨터 밑에 놓인 작은 스노볼을 집어 들었습니다. 작년까지만 해도 스노볼 같은 것에는 관심이 전혀 없었습니다. 어린 아이들이나 갖고 노는 거라고 생각했었죠.

그런데 작년 겨울 프랑스 여행 중에 문득 스노볼이 눈에 들어왔습니다. 스노볼 속의 눈이 실제 거리에 내리는 흰 눈 같고 스노볼 안에 든 작은 고성이 언젠가 살았던 성 같이 느껴졌습니다. 손에 쥐자 그 둥근 감촉이 동화에 나오는 환상적인 요술

구슬처럼 느껴지기도 했죠. 유치하고 과대망상적이다 웃음이 나오면서도 혼자 떠났던 여행이라 좀 쓸쓸하고 추웠던 걸까요. 그걸 사자마자 든든한 보호와 동반의 기쁨이 느껴졌죠. 그래서 여행 내내 가방에 넣어 갖고 다니다가 집에 오자마자 가장 눈길이 가는 곳에 두었습니다.

지금으로선 그녀 또한 아파서 입원이라도 하게 되면 그 스노볼을 가방 안에 챙길 것 같습니다. 사소하지만 절대 사소하지 않은, 아주 작지만 그 안에 스물 몇 살의 여행과 전생에 그녀가 살았던 유럽의 성 한 채를 품고 있는 그 둥근 기념품을 말이죠.

너의

북소리를

들어라

고장 난 자동차

『나는 감정적인 사람입니다*Emotion, mode d'emploi: Les utiliser de maniere positive*』는 프랑스의 유명한 심리 치료사인 크리스텔 프티콜랭Christel Petitcollin이 쓴 책입니다.

제목만 보면 감정 조절이 잘 안 되는 사람들을 위한 책 같습니다. '감정적'이란 말은, 뭔가를 이성적으로 차분하게 대하기보다 툭하면 화를 낸다든지 충동적으로 반응할 때 주로 쓰이는 말이니까요.

그러나 이 책은 오히려 사람들에게 '더 감정적이 되라.'

고 부추깁니다. '제대로' 감정적이 되라는 뜻입니다.

그러기 위해선 감정의 본질부터 제대로 알아야 합니다.
크리스텔은, 사람들이 본래 갖고 태어나는 자연스런 감정은 네 가지, 기쁨, 분노, 슬픔, 두려움이라고 말합니다. 그리고 그 네 가지 모두가 필요하다고 강조합니다. 기쁨만이 아니라 분노, 슬픔, 두려움 같은 감정도 다 필요하다는 거죠.

기쁨은, 삶에 큰 보람과 의미를 주어 앞으로 나아가게 해주니까. 분노는, 자존심과 나만의 가치를 지켜주는 안전 장치 역할을 하니까. 슬픔은, 인생의 한 페이지를 접고 새로운 페이지를 열어야 하는 시점을 알려주니까. 그리고 두려움은, 위험 앞에선 자신을 보호하거나 그러기 위해 아직은 좀 더 철저한 준비가 필요하다는 걸 알려주는 감정이니까.

그런 네 가지 감정을 한 번 더 강조하기 위해 크리스텔은 이렇게도 비유합니다.

　　＿＿삶은 달리는 자동차와 같다.
　　그 자동차에서, 기쁨은 앞으로 나아가기 위한 엔진이고 분노는 침체된 상태를 벗어나게 하는 강력한 가속 페달이며 슬픔은 주행 모드를 바꾸게 해주는 클러치고 두려움은 안전을 위한 브레이크 페달이다.

그러고 보면 늘 행복하고 낙천적인 생각만 하자, 그렇게 살자 하는 지나친 낙관주의도 그리 바람직한 게 아닙니다. 기쁨과 행복만이 아니라 분노와 슬픔과 두려움까지도 골고루 활용하면서 '더 감정적'이 되는 게 정신적으로 훨씬 더 건강한 삶인 거죠.

그러니 행복하게 웃음 짓는 날들 속에 가끔 속상한 일들이 섞여 들고, 순간순간 화나게 하는 사람들, 그리고 조금은 슬픈 저녁이 있다면 내 자동차는 제대로 잘 굴러가고 있는 것이리라….

속상해서 혼자 울었던 오늘도 감정적으로 지극히 바람직했던 날이었으리라, 그녀는 아직도 남아 있는 속상한 기분을 가만히 털어냅니다.

바다 사이,
등대

'총회'라고 하면 기관이나 단체에서 개최하는 사무적이고 건조한 전체 회의부터 떠오릅니다. 그런데 얼마 전에 '등대 총회'라는 제목의 기사를 봤습니다. 보자마자 오직 등대라는 단어 하나 때문에 사무적이고 지루한 회의가 아니라, 밤의 등대를 지키는 외로운 등대지기들의 소박하면서도 서정적인 모임이 연상됐죠.

더불어 오스트레일리아 출신 작가 M. L. 스테드먼M. L. Stedman의 소설 『바다 사이 등대 *The Light Between Oceans*』도 문득 떠올랐습니다.

1차 세계대전이 막 끝난 1920년대의 어느 날, 전쟁에 참

전했던 한 남자가 어촌 마을로 돌아옵니다. 마을 사람들은 그를 영웅처럼 대하지만 정작 그의 얼굴은 시종일관 차갑고 무표정하기만 합니다. 그 표정으로 그는 늘 사람들을 피하려고만 하죠. 그러다 못해 마침내는 아무도 살지 않는 외딴 섬 '야누스'의 등대지기를 자원합니다.

그런데 섬으로 떠나기 하루 전, 그는 마을에서 운명처럼 한 여인을 만납니다. 여인은 얼음처럼 차갑고 무표정하던 그의 얼굴에 엷은 미소를 감돌게 하죠.

두 사람은 마침내 결혼을 하고 외딴 섬 야누스에 함께 들어갑니다. 그리곤 행복하게 지내는데 그 행복을 시기하듯 간절히 기다렸던 아기가 두 번이나 세상 밖으로 나오지도 못한 채 그들 곁을 떠나버립니다. 두 사람은 극도의 상실감에 빠지죠.

그런 부부 앞에 어느 날 작은 배 한 척이 나타납니다. 그 안에는 죽은 남자와 아직 숨을 쉬는 갓난아이가 있었습니다.

그 작은 배가, 그 안의 어린 생명이, 어둠의 바다를 헤매던 부부에게 한줄기 빛을 던지는 등대일지 아니면 등대의 불빛마저 단번에 삼켜버릴 거대한 파도일지…. 영화 제목은 「바다 사이 등대」가 아니라 「파도가 지나간 자리」입니다.

살아 보니 환한 등대 불빛처럼 보이는 것이 거대한 파도일 수
도 있고, 곧 내 목숨을 집어삼킬 것 같은 거대한 파도가 실은
밤바다 위의 한 자락 등대 불빛이기도 합니다. 거센 파도 사이
마다 등대가 있기도 하고 등대 대신 파도가 지나가기도 하고.
그 엎치락뒤치락에서 어떻게든 중심을 잡으려 애쓰는 게 인간
의 일생이 아닐까….

오늘은 밤바다를 지키는 등대지기 회원으로 등대 총회에 참석
중인 것 같습니다.

타인의 취향

처음엔 남편이 유난을 부리는 거라고 생각했습니다. 심
지어 괜한 심술을 부리는 거라는 의심도 했죠. 그녀는
'밥'의 차이를 잘 느끼지 못하기 때문입니다. 웬만큼 질
거나 되지 않으면 밥은 그저 밥일 뿐이고 웬만하면 다 똑
같은 밥인 겁니다. 그러니 애초에 쌀도 좋은 쌀인지 나쁜
쌀인지, 햅쌀인지 묵은 쌀인지도 잘 구별하지 못하죠.

그런데 남편은 정반댑니다. 남편은 식사를 할 때마다 그
곳이 집이건 식당이건 늘 밥에 대해서 한마디씩 합니다.
이번 쌀은 좋다, 안 좋다. 이 식당은 다른 건 다 맛있지
만 밥을 맛있게 지을 줄 몰라서 틀렸다. 그러면서 어떤
식당은 단지 밥 하나가 맛있다는 이유로 단골 삼기도 합

니다. 그녀로선 도저히 이해하기 힘든 부분이었습니다.

그러던 어느 날 우연히 두 편의 인터뷰 글을 읽다가 남편의 밥에 대한 애착을 조금이나마 이해하게 됐습니다.

첫 번째 사람은 스무 권짜리 만화 『심야식당深夜食堂』을 출판한 일본의 만화가 아베 야로ぁべゃろう였습니다. 그는 가장 좋아하는 음식이 무엇인지를 묻는 기자에게 '밥'이라고 대답합니다. 10년 넘게 음식을 주제로 만화를 그려온 이가 최고로 뽑은 음식이 '밥'인 겁니다. 그는 심지어 반찬마저도 '밥'을 맛있게 먹을 수 있게 해주는 것들을 좋아한다고 대답했죠.

다음 사람은 프랑스의 요리사인 피에르 가니에르입니다. 그는 전 세계 스타 요리사들이 뽑은 최고의 요리사, 요리사 중의 요리사입니다. 그런 그가 최근 한국에 식당을 냈다고 합니다.

그에게도 기자가 물었죠, 가장 좋아하는 음식은 무엇인가. 그러자 그 역시 대답합니다.

___ 날씨나 계절에 따라 다르지만 피곤할 땐 아무 반찬 없이 흰 쌀밥만 먹는다. 무미無味한 듯 순수한 맛이 마치 차가운 물 한 잔을 마신 듯 정화되는 기분이다.

피곤할 때마다 일부러 맨밥을 먹는다니, 맨밥이 약도 아니고. 외국인이니까 그런 게 아닐까 싶으면서도 밥이란 게 그런 거구나, 남편의 유난이 비로소 이해가 좀 가는 기분이었습니다.

그러면서도
타인의 취향은 여전히
참 어려운 것 중의 하나다,
인터뷰 기사 속의 밥 그림을
어려운 수학 문제 들여다보듯
한참을 들여다봤습니다.

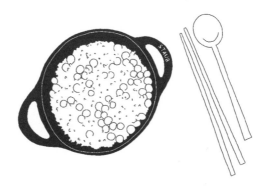

엘리베이터 앞에서

며칠 전 이직을 위한 면접을 보러 한 빌딩을 찾아갔습니다. 대학 때부터 너무도 가고 싶었던 회사였죠.
도착하고 보니 그 빌딩엔 엘리베이터가 지금 몇 층에 있는지, 내려가는 중인지 올라가는 중인지를 알려 주는 불빛 숫자나 표시가 전혀 없었습니다.

답답하기도 하고 궁금하기도 했습니다. 모든 기계는 갈수록 더 많은 정보를 더 편리하게 제공하는 쪽으로 발전하죠. 그런데 최근에 지은 현대적인 빌딩일수록 엘리베이터의 움직임이나 위치를 알려 주는 편리한 정보 기능을 오히려 없애는 느낌입니다.

보안 문제 때문일까 생각하다가 그는 내가 지금 그런 걸 생각할 때가 아니지, 얼른 바로 앞에 와서 열리는 엘리베이터에 올랐습니다.

그러자 면접에 대한 긴장이 좀 더 커지면서 문득 한 스승과 제자의 만남이 떠오릅니다.

두 사람이 처음 만났을 때 에리히 프롬Erich Fromm은 일흔두 살이었습니다. 『소유냐 삶이냐To have or to be』, 『사랑의 기술The art of love』 등의 책으로 독자들로부터 선풍적인 사랑을 받던 사회심리학자였죠. 반면에 라이너 풍크Rainer Funk는 에리히 프롬을 흠모하던 스물아홉 살의 대학원생이었습니다.

논문을 준비하던 그는 에리히 프롬을 직접 만나기로 결심하죠. 프롬에게 여러 차례 편지를 쓴 끝에 그는 마침내 허락을 받습니다. 9월의 어느 날, 프롬의 집에 찾아간 그는 그 순간을 『내가 에리히 프롬에게 배운 것들Erich froms kleine lebensschule』이란 책에 이렇게 기록했습니다.

____1972년 9월 1일. 스위스 로카르노의 한 아파트에서 엘리베이터를 타고 올라갔다. 그리고 5층의 초인종을 누를 때만 해도 이 만남이 평생을 이끌어 줄 줄은 몰랐다.

그저 흠모하던 유명 인사를 직접 만난다는 기쁨에만 들떠 있던 그날의 만남이 풍크와 에리히 프롬에겐 프롬이 세상을 떠날 때까지 8년간 이어지는 끈끈한 사제지간으로 발전했던 겁니다.

그 8년 동안 풍크는 노학자로부터 그의 위대한 사상과 이론을 배우면서 동시에 그것들을 체계적으로 정리하는 일을 맡아했습니다. 그런 과정 자체가 젊은 풍크에게는 지식이나 인생 모든 면에서 엄청난 성장과 발전의 밑바탕이 되었다고 합니다.

오늘 이렇게 엘리베이터 속에서 문득 풍크의 설렘과 흥분이 고스란히 생각난 건 자신에게도 오늘이 앞으로의 인생을 바꿔 놓을 만한 직장과의 첫 만남이길 열망해섭니다.

그는 내리기 전 엘리베이터 안에 있는 거울을 보면서 다시 한번 넥타이와 양복 매무새를 가다듬었습니다.

나무의 기억

6·25전쟁 중에 벌어진 인천 상륙 작전에선 월미도에 집중 포격이 가해졌습니다. 인천에 상륙하기 위해서는 월미도를 가장 먼저 점령해야 했기 때문이었습니다.

그렇게 작은 섬 전체가 불바다가 됐으니 나무 한 그루, 풀 한 포기 살아남은 게 없었습니다.
그래도 혹시 살아남은 나무가 있지 않을까, 몇 년 전 뒤늦게 금속 탐지기까지 동원된 조사가 시작됐습니다.

그런데 과연 있었습니다. 그 심한 불바다 속에서도 느티나무, 은행나무, 소나무, 벚나무 등 모두 일곱 그루의 나무가 여전히 살아 있었습니다.

월미도에선 그 일곱 그루의 나무들에게 '치유의 나무', '그날을 기억하는 나무', '다시 일어선 나무' 등과 같은 이름을 지어주고 특별히 보살피고 있다고 합니다.

때로 전쟁 같은 일상에 지치면 불바다를 견뎌 낸 그 나무들을 떠올려 보기도 합니다.

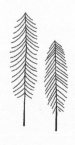

자두 한 상자

그녀가 자두 한 박스를 들어 올리자 남편과 아들이 동시에
난리를 쳤습니다. 이 많은 걸 누가, 언제 다 먹느냐는 것이
었습니다. 남편은 이런 게 다 식탐이고 낭비라고도 했죠.

그럴 때면 결혼을 한 지 팔 년이 넘어가는데 아직도 날
그렇게 모르나, 섭섭한 마음이 들기도 합니다.
하지만 서운함도 잠깐뿐입니다. 상자에 가득한 자두를
보자 저절로 흐뭇한 미소가 솟아납니다.

자두를 그렇게 박스째로 사는 건 일 년에 서너 번밖에
안 됩니다. 마음 같아선 훨씬 더 자주 사고 싶지만 자두
값이 꽤 비싼데다 남편도 아들도 자두는 입에 대지도 않

으니 그나마 그 정도 횟수에 그치죠. 대신 살 때는 낱개가 아니라 반드시 박스째로 사곤 합니다. 잼을 만들려는 것도 아니고 오직 혼자 먹으려고 한 박스씩 사는 겁니다.

어릴 때 그녀의 친구들 대부분은 외동이거나 형제가 있다 해도 한 명 정도였습니다. 그녀만 언니 오빠가 네 명이나 있었죠. 그러니 막내인 그녀는 뭘 먹어도 항상 모자라는 느낌이었습니다. 그중에서도 자두가 특히 그랬었습니다. 늘 너무 아쉬웠죠. 그래서 이 다음에 크면 자두만큼은 꼭 한 박스씩 사서 혼자 맘껏 먹어야지, 결심하곤 했습니다. 그리고 실제로 어른이 된 뒤로 그 결심만큼은 해마다 꼭 지키고 있는 겁니다.

사람에겐 누구에게나 그런 게 하나쯤 있다고 합니다. 어린 시절 유독 크게 결핍감을 느낀 나머지 어른이 된 후에도 여전히 집착하게 되는 품목이 하나쯤은 있다는 거죠.
그래서 누군가는 집에 양말 가게를 차려도 될 만큼 양말이 많은데도 아내와 함께 대형 마트엘 가면 또 양말을 집어 들고, 누군가는 냉장고에 음료수를 나란히 줄 세워 채워 넣는데 집착하기도 하죠. 또 누군가는 그녀처럼 어떤 과일만큼은 봉지가 아니라 박스째 사기도 하고요.

그렇게
되돌아갈 수 없는 어린 시절의 결핍감을
너무 많은 양말이나 음료수,
자두 몇 박스로 채우는 거,
꼭 고쳐야 할까요?

소원을
이루는 법

직장인들이 점심을 먹으러 빌딩 밖으로 쏟아져 나오는 시간입니다. 그때마다 그의 시선은 계속 그들의 목에 걸린 사원증에 머물곤 합니다. 얼마나 자랑스러울까. 그러니 사무실 밖, 빌딩 밖으로 나와서도 저렇게 목에 건 채 식당을 가고 찻집을 가는 거겠지…. 그에겐 그 손바닥만 한 그 사원증이 너무나 부러웠습니다.

나는 언제 저런 걸 목에 걸어 보나, 언제 저렇게 직장 동료들이랑 빌딩 사이사이 맛집을 찾아다니면서 같이 점심을 먹고 커피를 사 든 채 건물 안으로 들어가 사원증을 다시 찍고 엘리베이터 앞에 서 보나. 사원증이 아니라 부러움이 울컥, 목에 걸리기도 했습니다.

그런데 그 부러움이 그에게도 드디어 현실이 됐습니다. 그도 마침내 고층 빌딩 지역에 있는 회사에 취직이 된 겁니다. 그도 이젠 점심시간마다 사원증을 목에 걸고 동료들과 함께 빌딩 사이 맛집들로 점심을 먹으러 다니곤 합니다. 예상대로 참 자랑스럽고 흐뭇했습니다.

그래선지 아님 깡시골 출신이어선지, 출근길에 전철역의 계단을 올라 눈앞에 즐비한 고층 빌딩들을 대하는 것도 오히려 진짜 숲을 대하는 듯 숨이 탁 트이는 기분이었습니다. 뭔가 아주 크게 성공한 듯 기쁘고 뿌듯했죠.

그러나 그 기쁨과 뿌듯함은 1년도 안 돼 완전히 빛을 잃었습니다. 빛을 잃은 정도가 아니라 있던 빛도 빼앗아 가는 것 같았죠.

그러면서 직장인들이 점심시간에 사원증을 그대로 걸고 식당을 찾는 건 사원증이 자랑스러워서가 아니라 뺐다가 다시 거는 것조차 귀찮아서라는 걸 알게 됐습니다. 점심 식사도 즐거운 빌딩 사이 맛집 순례가 아니라 '오늘은 뭘 먹지?'의 반복되는 고민과 붐비는 사람들 틈을 비집고 어떻게든 한 끼를 해결해야 하는 업무의 연장 같은 거라는 것도 알게 됐죠.

아침 출근길의 지하철에서 지옥을 경험하고 내려서 계단을 올라가 고층 빌딩들을 마주하는 순간 '턱' 하고 숨이 막히는 것도 이젠 알게 됐습니다. 사표를 써야 하나, 예전을 생각하면 너무나 배부른 고민이 시작됐죠.

그러던 어느 날, 고향 친구가 서울로 출장을 왔습니다. 고향 닮은 근무지를 간절히 바래서 조용하고 외진 지방 근무를 자원했던 친구였죠. 시골의 정취가 물씬 풍기는 조용하고 아름다운 곳이니 놀러 오라고 단체 채팅방에서 매일 자랑이 끊이질 않던 친구였습니다.

그러던 친구가 점심을 먹으면서 고백하듯 말합니다. 너무 조용하고 심심한 자연 속에만 있다가 빌딩 숲엘 오니 숨이 좀 트이는 것 같아 살 것 같다고. 그래서 요즘 서울로 오는 출장은 매번 도맡아 자원한다고.

그 말에 그는 문득 깨달았죠. 사람 심리란 게 그토록 간절히 바라던 것도 얻고 나면 얼마 안 가서 그 간절함을 잊은 채 또 다시 갖지 못한 것, 없는 것에 마음을 돌리는구나….

친구와 헤어진 그는 아메리카노 한 잔을 사 들고 사원증을 목에 건 채 사무실로 돌아오면서 생각합니다. 지금 이 모습이 바로 내가 한때 그토록 간절히 열망했던 모습인데, 그러니 지금 이 소원을 성취한 꿈의 순간이나 마찬가진데….

간절한 소원을 이루는 법 중의 하나는 이미 이루어진 소원을 되돌아보는 것일 수도 있을 것 같습니다.

나만의 북소리

헨리 데이비드 소로Henry David Thoreau는 자연 속에서 가장 단순하고 소박하게 살아가기를 실천했던 자연주의자이자 시인이었습니다. 그는 스물여덟 살이던 1845년에 도시를 떠나 월든 호숫가에 직접 오두막집을 짓고 살기 시작했습니다. 그리고 그곳에서의 생활을 그대로 책으로 펴냈죠.

그렇게 쓰인 『호숫가 숲속 생활기 - 월든Walden』에서 소로는 이렇게 말합니다.

＿＿왜 우리는 성공하려고 그처럼 필사적으로 서두르며 그처럼 무모하게 일을 추진하는 것일까. 어떤 사람이 자기 또

래들과 보조를 맞추지 않는다면 그것은 아마 그가 그들과는 다른 고수의 북소리를 듣고 있기 때문일 것이다.

'북소리'라는 단어에 갑자기 무라카미 하루키가 떠오르기도 합니다. 하루키는 이렇게 고백한 적이 있습니다.

＿＿＿ 어느 날 아침 눈을 뜨고 귀를 기울여 보니 어디선가 멀리서 북소리가 들려왔다. 그 북소리에 끌려서 일본을 떠나 멀고 긴 여행을 떠났고 마침내 작가로서 새로운 전기를 맞았다.

소로나 하루키처럼 인생을 자신이 뜻하고 꿈 꾼대로 살려는 사람들에겐 어느 날 문득 '고수의 북소리' 같은 게 들리나 봅니다. 이 소리를 믿고 무조건 따라오면 된다고 말하는 듯한 북소리가….

그러나 문명 세계에 살면 그런 북소리를 듣기가 쉽지 않을 것 같습니다. 북적거리는 도시에서 들려오는 소리는 오직 하나, '성공하려면 남들이 가는 길로 가라, 남들과 똑같아져라!'하는 강요의 소음뿐이니까요.

그러니 소로나 하루키가 들었던 것 같은 북소리, 나만의 특별하고 소중한 운명의 문 앞으로 이끌어 주는 북소리를 어느 날 문득 들으려면 때때로 조용한 호숫가나 숲을 산책해야 할 것 같습니다. 그런 곳에서 온몸에 쌓인 문명의 소음을 깨끗이 털어내고 비워내는 일을 주기적으로 해야 하지 않을까 싶습니다.

그러다 보면 자신이 진정으로 원하는 게 뭔지도 생각지 않고 성공한 이들을 흉내 내거나 따라가기 위해서 필사적으로 뛰어야 하는, 3％의 사람만을 성공이라고 부르고 97％의 사람을 실패라고 말하는 날들 속에서, 나도 문득 아득한 '고수의 북소리'를 듣게 되지 않을까.

그녀는 산책 나갈 준비를 하면서 한 번 더 소로와 하루키의 말을 되새겨 봅니다.

처음
가져 보는 것

그녀는 가끔 기차를 탈 때면 유난히 안내 방송에 귀를 기울이게 됩니다. 그러면서 아득한 마음으로 어느 하루를 떠올립니다.

일 년 전 이맘때쯤, 가까운 이웃 나라를 여행하면서 혼자 기차를 탔습니다. 지방의 한 소도시에서 출발해 페리를 탈 수 있는 항구까지 가는 기차였죠. 한 시간 반 정도가 걸리는, 열다섯 개가 조금 넘는 역을 거치는 기차였습니다. 날씨는 복숭아처럼 달콤하고 화창했습니다. 기차 안은 사람이 없는 것도 아닌데 아무도 없는 듯 조용하고 고요했죠. 그녀는 세 명이 앉을 수 있는 자리의 창가 쪽에 혼자 앉았습니다.

이윽고 기차가 출발했습니다. 그리곤 역에 멈춰 설 때마다 도착하기 10분 전쯤에 어김없이 역무원의 안내 방송이 나왔죠. 외국인인 그녀로선 전혀 알아들을 수 없는 말이었습니다. 아마도 '이번에 내리실 역은 어디입니다.' 정도의 내용이었겠죠.

그녀는 그만 그 안내 방송에 완전히 사로잡히고 말았습니다. 뭐랄까, 내용은 모르지만 그래서 오히려 역무원의 목소리며 말투, 말의 리듬과 음색, 그가 발음하는 낯선 지명들 자체에 더욱 집중할 수 있었습니다. 그의 말 하나하나가 이국적인 걸 넘어서서 너무나 감동적인 시나 음악 같았습니다.
조금만 지나쳤다면 남자치고는 간드러지게 느껴졌을 목소리가 딱 알맞은 데까지만 간 음색과 높낮이 덕분에 더없이 공손하고 사려 깊게 들렸고, 그저 낯설기만 했을 역 이름이나 지명들도 딱 알맞은 데까지만 간 발음과 강약 때문에 더없이 정성스럽고 아름답게 들렸던 것입니다.

기차를 타고 여행하면서 차창 밖 풍경이 아니라 안내 방송에, 더욱이 알아듣지도 못하는 안내 방송에 사로잡히기는 난생 처음이었습니다. 안내 방송의 주인공이 누군지, 지금 기차를 운행하는 역무원인지 아니면 따로 녹음된 건지 하는 궁금증도, 역무원이든 녹음된 것이든 목소리의 주인공을 만나 보고 싶다는 강렬한 바람도, 처음 가져 보는 것이었습니다.

역이 열다섯 개 정도밖에 안 된다는 게 너무나 서운할 정도였죠. 나중에 기차가 종착역에 이르렀을 때는 서운해서 심지어 울컥, 눈물이 날 것도 같았습니다. 여행 중이라서 마음이나 귀가 지나치게 감상적이 된 게 아닐까 싶기도 했죠.

기차에서 내려 페리를 타고 섬으로 들어가면서 돌아갈 때도 그 기차를 꼭 다시 타야지, 그리고 그땐 안내 방송을 녹음이라도 해 두어야지, 단단히 결심을 했죠. 왜 진작 녹음 생각을 못 했는지 아쉽기도 했습니다.

그러나 안타깝게도 그 결심은 끝내 지키질 못했습니다. 섬에서 나와 다시 소도시로 돌아갈 때는 시간 때문에 도저히 그 기차를 탈 수가 없었던 겁니다.

그러니 여행을 마치고 그 나라를 떠나는 순간까지도 아쉬움이 가시질 않았습니다. 귀국한 뒤에는 인터넷에서 그 기차를 검색하면서 안내 방송의 주인공을 찾아보려고 온갖 노력을 다했습니다. 주위에 그 나라말을 잘하는 친구가 있었으면 아마 그 기차역에 당장 전화라도 걸었을 겁니다. 대신, 역 이름들을 일일이 다 찾아보면서 지하철 노선도 외우듯이 그 역들의 순서를 외워 보기도 했습니다.

공손함이, 친절이나 겸손보다 어려우면서도 좀 더 차원 높은 '사람대접'이란 생각을 하게 해주었던 그 목소리. 때론 내가 잠깐 환청을 들었던 게 아니었을까 싶을 만큼 특별했던 그 음성. 그 소리를 다시 들으러, 그 순간을 다시 만나러, 그녀는 머지않아 처음으로 같은 나라 같은 곳으로 다시 여행을 떠나게 될 겁니다.

인생 학교

이스라엘에는 바다에서 서핑하는 법을 가르치는 서핑 대안 학교가 있다고 합니다. 학교의 이름은 '하갈셀리', '나의 파도'라는 뜻이죠. 그 학교에선 물론 서핑을 제일 중요하게 가르치지만 그것만큼이나 '인생은 파도를 타는 것과 같다.'라는 인생 철학도 중요하게 가르칩니다.

___ 인생이란 힘겨운 파도에 앞이 막힐 때도 있고 좋은 파도를 타고 너무나 쉽게 쭉쭉 나아갈 때도 있다.

그런 인생 철학을 배우러 꼭 이스라엘까지 가지 않아도 되는 게 정말 다행입니다. 살다 보면 지구 상의 모든 곳에 그 인생 철학을 가르쳐 주는 분교들이 있으니까요.

이 달의 다이어트

이번 달부터는 반드시 식사량도 조절하고 운동도 시작해야지. 새로운 달이 시작될 때마다 그녀는 어김없이 결심합니다. 하지만 그 결심은 지금까지 한 번도 지켜진 적이 없습니다.

그러나 이번에는 정말로 실천할 생각입니다. 다가오는 여름휴가 때 비키니를 입고 바다에 놀러가기 위해서가 아닙니다. 체력이 너무 떨어진 것 같아섭니다. 체력이 약해지니 무슨 일을 하든 쉽게 지치는 느낌입니다. 어디서든 자꾸 앉으려고만 하고 조금만 힘들어도 짜증을 내고…. 그러니 주위 사람들에게 불평, 불만만 늘어 가면서 몸도 마음도 점점 고약해지는 기분입니다.

그래서 이번 달엔 꼭 운동을 시작하겠다는 생각으로 집 근처에 있는 헬스클럽과 수영장을 열심히 검색했죠.

그러던 어느 날 늘 지나다니던 길에서 문득 격투기 체육관을 발견했습니다. 창문에 커다랗게 '여성 환영'이라 쓰여 있었고 그 옆엔 '다이어트에 좋은 운동'이라는 홍보 문구도 보였습니다. 늘 지나다니던 길인데도 그걸 이제야 본 건 체육관이 건물 5층 꼭대기에 있었던 탓일 텐데, 고개도 어지간히 안 들고 살았나 봅니다. 하긴 진즉에 고개 들어 발견했다 한들 격투기 체육관엘 다닐 생각은 전혀 없었을 겁니다.
그러나 격렬한 다이어트를 각오한 데다 며칠 전 우연히 읽은 한 문장 때문에 이번엔 달랐죠. 칼럼니스트인 문미정의 글에 나오는 이런 문장이었습니다.

     ___ 격투기 도장에서 처음으로 겨루기를 한 날, 맞을까 봐 두려울 것이라고만 생각했는데 막상 상대 선수와 마주하고서는 내가 상대를 때릴까 봐 두려웠다고 하는 사람들이 있다.

격투기는 손과 발, 온몸을 다 사용해서 무조건 상대방을 더 많이 때려야 이길 수 있는, 어떻게든 상대 선수를 더 많이 때리

되 맞는 건 최대한 피해야 이길 수 있는 운동입니다.

그런 격투기 시합에서 자신이 상대 선수를 때릴까 봐, 진짜로 때릴까 봐 두려웠다니….

그 마음이 뭔지 헤아려지면서 가슴이 찡했죠. 그러면서 격투기가 참 좋은 운동처럼 느껴졌습니다. 실제로 그 글에서는 격투기를 이렇게 정의하기도 했습니다.

격투기는,

      자신의 몸과 사람의 몸에 대해 배우는 조금 격렬한 신체 훈련의 하나이자 몸을 다치지 않는 훈련이 더 중요한 운동이다.

그녀는 오직 그 문장을 믿는 마음으로 5층 체육관으로 가는 엘리베이터 버튼을 꾹 눌렀습니다.

어느 날의
일탈

직행 시외버스에 몸을 싣자마자 그는 눈을 감았습니다. 지방 대학으로 강의를 가는 날은 새벽부터 서둘러야 해서 무척 피곤합니다. 반면에, 일단 버스를 타면 두 시간 반 정도는 자면서 갈 수 있으니 마음이 좀 놓이기도 하죠. 특히나 요즘은 창밖으로 보이는 가을 풍경이 멋져서 잠을 못 자도 마음이 좀 덜 고되긴 합니다.

그러나 오늘은 아무리 창밖 풍경이 멋져도 버스에 올라서 자리를 잡고 나면 무조건 잠부터 잘 생각입니다. 아마 저절로 그렇게 될 게 틀림없습니다. 논문 때문에 삼일째 계속 밤을 새우다시피 했기 때문에 걷는 도중에도 눈이 감길 정도니까요.

아니나 다를까, 그는 자리에 앉자마자 정신없이 잠에 빠져들었습니다.

시간이 얼마나 지났을까, 문득 눈이 떠졌습니다. 그리곤 뭔가 불길한 느낌이 든다 싶은 순간 자신도 모르게 신음 소리가 터져 나왔습니다.

오늘은 지방 대학에 가는 날이 아니었습니다. 서울의 한 대학에 강의가 있는 요일이었습니다. 이런 착각을 하다니, 믿기지 않지만 이미 벌어진 일이었습니다.
시계를 보니 강의까지 남은 시간은 겨우 십 분.

그는 머릿속이 하얗게 변해 버리는 걸 느끼면서 한동안 멍하니 창밖을 보다가 부리나케 휴대폰을 꺼내서 서울에 있는 학교에 전화를 했죠.

그러는 사이에 버스는 어느덧 종점에 멈춰 섰습니다. 여느 때라면 이곳에서 한 번 더 버스를 타고 학교로 가야 합니다. 하지만 오늘은 그럴 필요가 없죠.

터미널 대합실로 들어간 그는 잠시 망설였습니다. 그러다가

표를 끊었습니다. 서울로 다시 올라가는 표가 아닌, 그 근처 마을로 향하는 버스표를 말이죠.

이곳으로 강의를 다닌 지도 벌써 두 학기째입니다. 그럼에도 그는 이 근처를 한 번도 여유 있게 둘러본 적이 없습니다. 버스를 타고 조금만 나가면 고향을 닮은 정겨운 풍경도 만날 수 있고, 들어가서 차 한잔 마시고 싶은 소박한 찻집도 있는데, 늘 시간에 쫓기니 여태껏 그럴 기회가 한 번도 없었죠.

이왕 이렇게 된 거, 오늘은 그런 시간을 가져 볼 생각입니다. 그렇게 결심하고 나니 오늘의 착각이 차라리 이러라고 일부러 생긴 일만 같습니다. 숨 가쁜 일상을 잠시 멈추고 한숨 돌리라고 누군가가 더없이 한가한 풍경 속에다 의자를 내어놓고 그를 그리로 부른 것만 같았죠.

그러니 오늘은 평소 생각해 두었던 마을을 찾아가 가을 햇볕을 듬뿍 받으면서 이리저리 들길을 걷기도 하고, 허름한 가게에 앉아 음료수를 사 마시기도 하고, 그럴듯한 찻집이 있으면 잠시 걸음도 멈춰 보리라….

버스에 올라 자리에 앉으니 이 한가한 일탈이 아내와 딸에게 문득 미안해집니다. 새벽에 나올 때면 자고 있는 두 사람이 깰까 봐 늘 불도 제대로 안 켜고 조심조심 준비하고 나오는데 그때마다 그런 자신도, 그런 남편의 고단한 대학 강사 생활을 누구보다 잘 이해해 주는 아내도 다 안쓰럽고 안타깝죠.

그러면서도 대견하고 고맙습니다.
그러니 다 같이 조금만 더 버티자. 오늘은 미안함도 갚을 겸 풀밭에 가서 두 사람을 위한 네 잎 클로버라도 좀 찾아봐야겠습니다.

루돌프를
차로 치었어요

그에겐 늦게 취직을 해서 이제야 신입 사원인 친구가 있습니다. 그런데다 녀석은 동안이 아닌 노안의 얼굴을 가졌죠. 거기다 말도 별로 없고 잘 웃지도 않아서 여러모로 나이에 비해 훨씬 무겁고 근엄해 보이는 인상입니다.

그러니 사람들은 녀석을 늘 나이보다 오 년, 심지어는 십 년까지 더 많게 보기도 합니다. 학창 시절엔 "후배인데도 어렵다."고 말하는 선배들도 많았습니다. 그런 친구가 이번 주말엔 만나자마자 재밌고 웃긴 얘기부터 해달라면서 수첩까지 꺼내 들었습니다. 회사 직속 상사가 내린 특명 때문이랍니다. 신입 사원인데도 마치 임원을 모시는 것처럼 어려운 기분이 들어서 못살겠으니 표정 좀 바꾸고 유머 감각 좀 길러라, 하면서 앞으로 한 달 간 매주 월요일마다 재밌는 얘기를 한 개씩 회의 직전에 발표하라는 특명을 내렸다는 것입니다.

단, 회의에 참석한 직원들이 다 처음 듣는 재밌는 얘기라고 박장대소해야 통과. 안 그러면 벌칙으로 한 주일씩 발표 기간을 늘려야 한다고 합니다.

친구들은 그 특명을 해결해 주기 위해서 기꺼이 재밌는 얘기란 얘기는 다 쏟아냈습니다.

면접 때 면접관이 아버지는 뭐 하시느냐고 묻자 "밖에서 기다리시는데요."라고 대답했다는 얘기며, 자취하면서 하도 방을 나올 때마다 불을 끄는 게 습관이 돼서 면접 끝나고 나오면서도 불을 '딸깍' 끄고 나왔다는 얘기며, 심지어는 바다 건너 미국에서 유행한다는 우스개 얘기까지 들려주었습니다.

한 한국인이 미국에서 운전을 하다 실수로 사슴을 치고는 바로 경찰에 전화를 했답니다. 그런데 당황한 나머지 사슴을 뜻하는 'deer'라는 단어가 도무지 생각이 나지 않았습니다. 그래서 급한 김에 "내가 방금 루돌프를 차로 치었다."라고 말했죠.

그러자 경찰이 "산타클로스는 괜찮니?"하고 물었다고 합니다.

덕분에 다들 웃느라고 정신이 없었습니다. 그러면서도 친구를 위해 이야기에 순위를 매겨 주기도 했죠. 나중엔 친구에게 이제 그 임원 같은 근엄한 표정 좀 바꿔라, 너는 아무리 웃어도 실없어 보이거나 실성한 사람처럼 보이지 않으니까 무조건 자주 웃어라, 그리고 이런 특명을 내려 준 상사에게 고마워해야 한다, 고마운 표정을 상사 앞이라 생각하고 지금 지어 봐라….. 연기 지도라도 하듯이 모두가 앞다투어 나서기도 했죠. 그때마다 그 친구는 그것까지도 열심히 수첩에 메모를 했습니다.

진지한 얼굴로 수첩을 내려다보며 '산타는 괜찮니?'하고 말할 친구의 모습을 상상하면서 한 번 또 웃고, 오랜 친구들이 만들어 내는 허물없음이 즐거워 또 한 번 웃고, 이번 모임은 근엄 친구가 단연코 웃음의 수훈갑이었습니다.

단어수집가

아이들이 모으기 좋아하는 것들은 비슷합니다. 인형이
나 모형 자동차, 장난감 로봇 같은 것들이죠. 그런데 동
화 『단어수집가 *The Word Collector*』에 나오는 주인공 제롬
은 특이하게도 단어들을 수집합니다.

친구와 얘기를 하다가도 재밌는 단어를 발견하면 얼른
메모를 하고, 길을 가다가도, 음식을 먹을 때도, 좋아하는
단어나 관심이 가는 말이 나오면 무조건 수집해 둡니다.
그러다 보니 어느덧 수집한 단어가 수십 권의 공책이 됩
니다. 그러자 제롬은 그 단어 공책들을 보다 안전한 곳
으로 옮깁니다. 오랫동안 모아 온 보물 로봇들이라도 되
는 듯 조심조심 다른 곳으로 옮기죠.

하지만 그렇게 조심했는데도 제롬은 그만 넘어지고 맙니다. 그러자 수집해 놓은 단어들이 모두 공책 밖으로 쏟아져 뒤죽박죽 섞이고 말죠.

제롬은 울상이 됩니다. 그런 제롬 앞에 뜻밖의 일이 벌어집니다. 엉망진창이 돼버렸다고 생각한 단어들이 자기들끼리 이리저리 짝을 짓더니 한 번도 본 적이 없는 신기한 낱말과 문장들이 되는 겁니다. 덕분에 제롬은 새로운 단어와 멋진 문장들로 시를 쓰고 노래를 부르면서 오히려 더 많은 친구들과 어울리게 됩니다.

그러던 어느 날, 제롬은 그동안 모았던 단어들을 전부 수레에 싣고 산으로 올라갑니다. 그리곤 그토록 아꼈던 그것들을 모두 산 아래로 뿌리죠. 사람들은 마치 돈이라도 줍듯이 신나서 단어들을 주워듭니다. 피터 레이놀즈Peter H. Reynolds의 동화 『단어수집가』는 그렇게 한바탕 단어 줍기 축제로 끝이 납니다.

딸에게 읽어 주려고 먼저 읽어 보던 동화책을 덮으면서 그녀는 잠시 생각해 봅니다. 나라면 하늘에서 마구 떨어지는 그 낱말들 중에서 어떤 것을 주워들었을까.

아침 / 음악 / 노을 / 바다 / 사랑해 / 미안해
그 일은 내가 나빴어 / 용서해

그런 말들이었을까.

오늘은 동화 속 제롬을 만났으니
다른 단어, '주다'란 말이 줍고 싶어집니다.
제롬처럼 그동안 모은 뭔가를
얼굴도 본 적 없는 사람들에게
좀 나눠주고 싶어진 겁니다.

그러다 보니 어느새 동화 속 한 소년의 나이로
돌아가는 느낌이 듭니다.

행동의 경제학

어느 날, 한 항공사에서 수화물 찾는 장소를 바꿨습니다.
비행기에서 내려 한참을 걸어가야 나오던
수화물 센터를 가까운 곳으로 옮긴 겁니다.
대신, 수화물을 기다리는 시간은 좀 더 길어졌죠.

얼마 후 항공사는 승객 만족도를 조사했습니다.
그런데 예측과 달리 승객들의 만족도는
전보다 더 낮아졌습니다.
비행기에서 내려서 오래 걷는 것보다
수화물 나오는 곳에서 길게 기다리는 지루함이
더 힘들었던 겁니다.

사람들의 생각과 마음을 경제학적으로 계산해 낸다는 것,
예측과 다를 때가 참 많습니다.

하기야 때론 내 마음인데
나도 이해하기 힘들 때가 있으니까요.
그러니 사람 마음은 어떤 경우에도
쉽게 속단해서는 안 되는 것이겠지요.

1994년, 여름

심리학자인 엘렌 랭거는 치매기가 있는 노인들을 모아서 잠시 한 마을에 머물게 했습니다. 그 마을은 모든 걸 노인들이 20대를 보낸 1950년대와 똑같이 꾸민 곳이었습니다. 마을에서는 그 시절에 유행했던 영화도 상영하고 음악도 들려주었죠.

그러자 불과 며칠 만에 노인들에게서 커다란 변화가 나타났습니다. 치매기는 눈에 띄게 약해지고 대신 삶에 대한 의욕과 활기가 솟아났습니다. 그리고 기억력과 암기력, 심지어는 청력과 시력까지도 눈에 띄게 좋아졌죠.

그 후 이 실험은 추억의 힘이 얼마나 중요하고 강력한지를 보여주는 대표적인 사례로 유명해졌습니다.

오늘따라 자꾸 1994년의 한 마을이 떠오릅니다. 25년 전 그해, 그녀는 열한 살이었습니다. 여름 방학이 되자마자 시골의 외할머니 댁에 갔었죠. 처음엔 아빠 차로 온 식구가 다 함께 가기로 했다가 아빠 회사에 급한 일이 생기는 바람에 엄마와 둘이서만 시외버스를 타고 가게 되었습니다.

외할머니 집은 버스에서 내려서도 한참이나 떨어진 곳에 있었죠. 택시를 부르려고 했는데 그것도 쉽질 않았습니다. 두 사람은 그냥 걷기로 했습니다.

그날, 햇볕은 뜨거웠지만 날씨는 정말 맑고 화창했습니다. 모든 게 눈부셨습니다. 가을 하늘보다 여름 하늘이 더 아름다운 거 아닌가 싶을 만큼 하늘도, 구름도 눈부셨습니다. 초록의 들판과 흙길마저 그 눈부심 때문에 새하얗게 보일 정도였죠. 흰색 형광빛의 풍경화 속에 들어와 있는 것 같았습니다.

햇볕과 풍경이 너무 인상적이어서 어린 마음에도 뭔가 뜨겁고 벅찬 감정이 솟구쳤습니다. 어른이 돼서 갖다 붙인 단어들이지만 그 감정은 생에 대한 강렬한 감동과 열망, 의지, 미래에 대한 무한하고도 뜨거운 희망과 기대, 확신 같은 것들이었습니다.

물론 그런 감정을 그때만 느꼈던 건 아닙니다. 그 이전과 그 이후 그리고 앞으로도 때때로 똑같은 감정을 느꼈고, 느낄 수 있겠죠. 그러나 그날의 풍경과 어우러진 그 벅찬 감정은 그날 그 시간 그곳에서만 가능한, 유일한 것이었습니다. 다시는 없을 추억의 풍경이고 감정이었던 겁니다.

그러니 그 풍경을 떠올리면 그 감정도 고스란히 되살아납니다. 그러면서 딱 열 살의 그때로 돌아가죠. 막연한 추억에 잠기는 정도가 아니라 앞의 실험 속 노인들처럼 이십 년 전의 그 길로 실제로 돌아갑니다.

두 발과 다리는 기분 좋게 아파 오고, 쨍쨍한 햇볕과 눈부신 흰 구름들을 바라보던 열 살 때의 1.2 시력도 돌아오고, 무엇보다 생에 대한 강렬한 감동과 열망과 의지, 미래에 대한 무한하고도 뜨거운 희망과 기대, 확신 같은 것들이 고스란히 돌아옵니다. 그 감정이 너무 반갑고 설레서 왈칵 눈물이 쏟아지곤 합니다.

그래서 때로는 일부러 그 풍경을 떠올리곤 합니다. 한 것도 없이 나이만 꼬박꼬박 먹었다는 자괴감이 들 때, 모든 관계가 다 내 뜻 같지 않다는 생각이 들 때, 미래가 뻔히 보이는 시들한 채소 같이 느껴질 때, 그녀는 그 풍경을 다시 펼쳐 보곤 합니다.

폭염 수치로 보면 최고로 더운 여름의 하나였던 1994년 여름방학의 한 풍경을 심리학자가 세운 마을처럼 머릿속에 다시 펼쳐 보는 겁니다.

이것도 예술입니다

그녀는 두 달 전부터 한 건축 회사에서 인턴 사원으로 일하는 중입니다. 그러다 보니 건축을 전공하지는 않았지만 어느새 건축에 대해 꽤 많은 걸 보고 배우게 되었습니다.

그런 것들 중에서 특히 그녀의 마음을 끄는 것은 손으로 직접 그린 옛날 건축 설계도들입니다. 일 때문에 자료 보관실을 드나들다가 보게 되는 낡디 낡은 설계도들인데 그중에는 학교 강당에 펼쳐놔야 될 정도로 큰 것도 있습니다. 대체 어떻게 그렸을까 궁금했는데 마침 회사에 그런 설계도를 직접 손으로 그렸다는 분들이 몇 분계셨습니다.

그분들에 의하면 예전엔 실제로 넓은 작업실에다 강당 바닥 크기 정도의 도면을 펼쳐 놓고 몇 명의 건축가가 그 위를 엉금엉금 기다시피 옮겨 다니면서 손으로 직접 설계도를 그렸다고 합니다. 그러다 보니 설계할 때 사용하는 제도 연필이나 샤프 펜슬의 심 냄새를 1킬로미터 밖에서도 구분할 수 있을 정도였다네요.

그 시절엔 설계도를 완성하면 귀퉁이에다 자기만의 사인을 조그맣게 써넣었는데 그럴 때면 마치 그 건물을 소유하게 된 듯 뿌듯했다 합니다.

그런 얘기들을 듣고 낡은 설계도를 다시 보니, 설계도들이 단지 건물을 짓기 위한 스케치가 아니라 건축가의 상상력에다 창조성까지 더해진 멋진 예술 작품이란 생각이 들곤 합니다.

실제로 세계적인 현대 미술관들에서는 가끔 손으로 그린 설계도들을 전시한다고 합니다. 설계도도 미술 작품으로 인정한다는 증거죠. 앞으로 그런 전시회라면 꼭 찾게 될 것 같습니다.

무엇보다 이렇게 새로운 분야를 알고 나니 내 분야, 내 전공에만 얽매였던 게 얼마나 좁은 시각이었는지, 세상엔 얼마나 많은 분야의 대단한 전문가들이 많은지, 세상을 바라보는 시야가 넓게 트이는 것 같아서 그녀는 처음과 달리 전공과 아무 상관없는 회사의 인턴 생활이 마냥 재밌기만 합니다.

장맛비가 내리던
저녁

____ 장맛비가 추적추적 내렸다. 나는 후드득후드득 비 떨어지는 소리를 들으며 우산을 쓰고 가는 것을 좋아한다. 저녁 무렵 가로등이 막 켜질 때 인도를 따라 잠시 한가한 마음으로 걸으면서 비 내리는 도시 풍경을 보는 것은, 깔끔하지는 않아도 나만의 오락거리이다.

중국 작가이자 평론가인 스져춘施蟄存의 소설 「장맛비가 내리던 저녁梅雨之夕」의 첫 부분입니다.

소설 속 남자 주인공은 상하이에 사는 평범한 회사원입니다. 그는 중년 남자답지 않게, 아니 중년 남자답게 비 오는 날을 좋아합니다. 비 오는 날의 저녁 무렵, 가로등이 막 켜지는 풍경을 좋아하죠. 그러니 비가 오는 날이면 그런 풍경을 즐기기 위해 전차 대신 늘 걸어서 퇴근을 합니다.

그날도 비가 왔습니다. 소나기가 쏟아지는 길을 우산을 쓰고 걷던 그는 이제 막 전차에서 내리는 아리따운 아가씨를 발견합니다. 우산이 없는 그녀는 갑자기 쏟아지는 비에 어쩔 줄 몰라 하죠. 그러자 그가 다가가 가까운 곳이라면 우산을 씌워 주겠다고 합니다.

그렇게 해서 낯선 여자와 함께 우산을 쓰고 빗속을 걷던 그는 어느 순간 소스라치게 놀랍니다. 그녀가 아무래도 누군가를 많이 닮았다 했는데 자세히 보니 그 옛날의 첫사랑과 똑같았던 겁니다. 마구 뛰기 시작한 마음을 진정시킬 새도 없이 어느새 비는 그치고, 그녀는 고맙다는 인사만을 남긴 채 총총걸음으로 떠나가죠.

그런 뒷모습을 한참이나 바라보던 그는 이윽고 집으로 발걸음을 돌립니다. 집에 거의 다 도착했을 때 그는 두 번째로 소스라치게 놀랍니다. 집 앞에 아까 그 아가씨가 마중 나와 있었기 때문입니다.

그 아가씨는 다름 아닌 바로 자신의 아내였습니다.

생각해 보면 그렇게나 큰 설렘과 두근거림 속에서 만난 사인데 세월이 흘러 중년이 되면 어느덧 덤덤하다 못해 남보다 더 못한 사이가 되기도 하죠.

그녀는 결혼 십오 년 차지만 다행히 여전히 서로를 아끼면서 화목하게 살고 있긴 합니다. 그래도 눈빛 맑은 청년이었던 남편의 첫 모습을 얼마나 많이 잊고 사는지⋯. 아마 남편도 마찬가지겠죠.

오늘은 남편이 퇴근하고 오면 함께 옛날 앨범을 꺼내어 결혼 전 데이트 사진이라도 다시 한번 들여다봐야겠습니다.

사막과 구름

파올로 네스폴리는 이탈리아 출신의 우주 비행사입니다. 작년 겨울, 그는 국제 우주 정거장에 머물고 있었죠. 그곳에서 지구가 그리울 때면 우주선 밖의 구름을 구경하면서 마음을 달랬다고 합니다.

그러던 어느 날, 그의 눈에 특이한 모양의 구름이 들어왔습니다. 피자 모양의 구름이었습니다. 그는 SNS에 그 구름 사진을 올리면서 피자가 먹고 싶다고 썼습니다.

그러자 미국 항공 우주국에서 그에게 피자 재료를 보내주었죠. 그와 동료 우주 비행사들은 모든 게 둥둥 떠다니는 무중력의 우주선 안에서 무사히 피자를 만들었습니다. 모양은 약간 이상했지만 맛은 의외로 좋았다고 합니다.

그 얘길 읽고, 창밖을 봤습니다.

그녀도 구름 구경하는 걸 정말 좋아합니다. 눈부시게 환한 맑은 날의 구름이든, 장마철의 검은 먹구름이든, 구름 구경은 그녀가 정말로 좋아하는 것 중의 하납니다. 해외여행을 가는 이유나 기쁨 중에 비행기를 타고 구름을 마음껏 볼 수 있다는 점도 포함돼 있을 정도입니다. 그래서 아주 긴 시간 비행기를 타야 할 때도 그녀는 일부러 불편한 창가 자리를 신청하기도 합니다.

구름 구경이 특히 좋은 건 구름이 움직인다는 점 때문입니다. 그 움직임 덕분에 어느 날 구름은 피자가 되기도 하고 어느 날은 토끼가 되기도 하고 또 어떤 날은 누군가의 얼굴이 되기도 하죠.

구름들을 보고 있으니 이번에는 칠레의 한 사막이 떠오릅니다. 아타카마Atacama라는 이름의 그 사막은 지구에서 가장 건조한 곳이라고 합니다.

그런데 아주 건조한 그곳에도 때론 바다의 습기를 가득 머금은 구름이 몰려든다고 합니다.

그리곤 곧 믿어지지 않는 일이 벌어지죠. 바짝 타들어 있던 대지의 맨살을 뚫고 여린 생명들이 움을 틔우기 시작하는 겁니다. 그리고 그렇게 움튼 풀이나 나무 끝에는 마침내 꽃도 피어납니다.

그러니 그 사막에서 구름을 구경하는 일은 곧 꽃을 예고받는 일과 같다고 합니다.

문득 저 구름들이 바로 아타카마에서 온 구름들은 아닐까 싶어집니다. 지구 반대편의 사막에서 꽃을 피우고 온 구름, 우주에서 피자를 만들고 온 구름. 그런 구름들이 오늘 한국의 내 머리 위에서는 무엇을 만들지….

잊으려고 애써 온 사람의 얼굴을 만들까 봐 문득 불안하기도 합니다.

남편의 옷장

만난 지 3개월 만에 결혼한 그들 신혼집의 옷장은 거의 무지개 색입니다. 어린아이의 방에나 어울릴 듯한 총천연색의 요란한 옷장이죠.

옷장을 열면 한쪽에는 검정이거나 회색인 무채색 옷들이, 다른 한쪽에는 옷장만큼이나 화려한 원색의 옷들이 가지런합니다.

집에 놀러온 손님들은 으레 무지개 색 옷장도, 화려한 색감의 옷들도 모두 아내의 취향일 거라고 생각합니다. 옷장을 살 때 남편이 반대하지 않았느냐 묻는 이도 있죠.

하지만 그 원색의 옷장과 옷들의 주인은, 남편입니다. 줄곧 무채색의 옷들만 입는 이가 오히려 아내 쪽인 겁니다.

그렇게 좋아하는 색깔은 정반대여도 둘은 신혼부부답게 서로의 취향을 이해하고 때론 양보도 하면서 잘 지내왔습니다.

하지만 어느 날 결국 말다툼이 벌어졌습니다. 새로 이사 갈 집의 벽지 때문이었습니다. 본격적인 신혼집이 될 그 집의 벽지마저 남편은 초록, 파랑 같은 원색을 골랐죠. 아내는 벽지만은 절대 양보할 수 없다고 강력히 반대했습니다. 결국 두 사람은 벽지는 고르지도 못한 채 잔뜩 화난 얼굴로 지물포를 나서야 했습니다.

집에 돌아온 지 얼마나 시간이 지났을까. 기분이 조금 풀린 두 사람은 맥주 한 캔씩을 들고 마주 앉았습니다. 어느 순간 남편이 어렵게 얘길 꺼냈죠.

___내가 그렇게 요란한 원색을 좋아하는 건, 지난 20여 년간 살아온 공간들 때문이야.

그 공간에 대한 얘기는 이미 들은 적이 있었습니다. 남편은 어린 시절 내내 햇빛 하나 안 드는 반지하 집에서 살았다고 합니다. 고등학교 때에는 혼자 시골에서 서울로 올라와 쓰러질 듯 허름한 고시원의 창문도 없는 지하 끝 방에서 지냈죠. 늘 사방에 곰팡이와 누런 얼룩이 가득한, 캄캄하고 눅눅했던 그 방은 그 안에 있는 사람까지 검정 곰팡이로 만드는 느낌이었다고 합니다. 바깥에 있다가 그곳에 발을 디디는 순간이면 온몸이 어둠과 습기로 가득 차는 것 같았다고 합니다.

그러다 보니 어느 때부턴가 옷이든 뭐든 무조건 다 요란한 원색을 고르게 됐다는 얘기, 신혼집 옷장을 고를 때에 이미 들었던 얘기였습니다.

그런데 오늘 그는 한 가지 사실을 더 말해 주었습니다. 자신이 약사가 된 것도 어느 날 학교 의무실에서 본 비타민의 노란색 때문이었다는 것입니다.

그녀는 믿어지지 않았죠. 아무리 그래도 그렇지 약 색깔 하나로 평생의 직업을 선택하는 사람이 있다니…. 놀랍기도 하면서 동시에 너무나 안쓰러웠습니다. 그녀는 얼른 다가가서 남편을 가만히 껴안아 주었습니다. 자신이 평생 비타민 색깔 같은 존재가 되어 주리라, 마음 깊이 다짐도 합니다.

　　　___ 하지만 아무리 그래도 벽지만은 안 돼!

그녀는 남편을 안은 손에 살짝 힘을 주었습니다.

무적霧笛

소리를

따라

천창 天窓

건축가 최세일은 한 글에서 지붕에 난 유리창, '천창天
窓'을 이렇게 묘사했습니다. '실내에서 하늘을 이불 삼아
누울 수 있게 해주는 유일한 수단.'

그는 어린이집을 지을 때 아이들에게 그런 이불을 꼭 선
물하고 싶었다고 합니다.

___늦게 별빛을 보면서 퇴근하는, 일하는 엄마의 아기들이
엄마를 기다리면서 엄마와 같은 별을 보게 해 주고 싶었다.

설계를 맡긴 주인이 여러 가지 걱정을 하면서 반대했지
만 포기하지 않고 끈질기게 설득한 끝에 그는 결국 지붕

에 작은 유리창을 만들어 넣을 수 있었습니다.

일 년 후, 그는 그 어린이집에 들린 뒤에 이렇게 썼습니다.

    ——— 일 년여가 지나서 늦은 시간 어린이집에 들어갔더니 아이들이 천창 밑에 누워서 별을 바라보고 있었다. 아이들은 하늘을 가리키며 별이 쏟아진다고 했다. 원장은 유리창 만드는 걸 반대할 때 자신을 설득해줘서 고맙다고 했다. 아이들이 그 지붕 유리창 아래를 제일 좋아해서 그 시간이면 모두 그 아래로 모인다고 했다.

건축가로서 얼마나 뿌듯했을까. 그녀는 십 년 전의 첫 신혼집을 떠올려 봅니다. 그 집에도 천창이 있었습니다.

그 얘길 하면 사람들은 서울에 그런 집이 있느냐고, 얼마나 여유가 있었기에 신혼 때부터 그렇게 멋진 집에서 살았느냐며 눈을 크게 뜨죠.

그 집 전체가 멋진 곳이었던 건 사실입니다. 하지만 그녀 부부가 살았던 공간은 그 멋진 5층 건물의 맨 꼭대기에 있던 방 한 칸이었습니다. 주방도 없고 살림 도구조차 들이기 힘든, 작은 다락방이었습니다.

부동산에선 신혼부부에게는 아예 소개할 생각도 없던 곳이었습니다. 처음엔 그들도 5층까지 올라가는 계단이 너무 좁고 가팔라서 아무래도 이곳은 안 되겠다는 생각을 했었죠. 그런데 방에 들어서서 천장의 유리창을 보는 순간 두 사람의 입에서 동시에 같은 말이 나왔습니다. 우리 여기서 2년만 살자!

그들 부부 역시 부모님들을 설득하느라 힘이 들었습니다. 그러나 2년만이란 조건으로 마침내 허락이 떨어졌고 두 사람은 작은 천창이 있는 그 다락방에서 신혼살림을 시작할 수 있었습니다.

그곳은 예상했던 대로 불편한 게 많았습니다. 하지만 그 창을 통해서 얻는 것들에 비하면 불편쯤은 아무것도 아니었습니다. 침대에 누운 채 하늘에 구름이 흘러가는 모습이며 밤의 총총한 별빛들을 마주하게 해주는 창. 그런 창이 신혼의 시간들을 얼마나 낭만적으로 만들어 주었는지, 그녀는 지금도 어제 일인 듯 또렷이 기억할 수 있습니다.

그 후 두 사람에겐 집에 대한 새로운 꿈이 생겼죠. 아주 오랜 뒤에야 가능하겠지만 언제고 꼭 정원만이 아니라 천창이 있는 집을 지어서 살자는 새로운 소망이 생겼습니다.

아직도 그 소망은 멀어 보이지만 그러나 언제든 꼭 살게 되리라, 그녀는 누워서 봤던 흰 구름이며 별빛들을 다시 한번 떠올려 봅니다.

시간이 없는
시계

얼마 전, 스위스의 한 시계 회사에서 새 제품을 선보였
습니다. 고가의 아날로그 손목시계였습니다.

그 고급스런 손목시계엔 시간을 나타내는 분침과 시침
이 없었습니다. 대신 구슬이 하나 들어 있었죠. 손목을
흔들면 시계 안의 미로를 돌아다니면서 목표 지점을 찾
아가는, 미로 게임에 등장하는 것 같은 작은 구슬이었습
니다.

그렇다면 그건 시계가 아니라 게임용 팔찌 아닌가, 사람
들은 고개를 갸우뚱했죠. 시계를 만든 회사에서는 그 점
을 미리 짐작한 듯 홍보 글에다 이렇게 강조했습니다.

___ 이건 분명히 시계다.

시간에 쫓기는 게 일상이 된 현대인들에게

한 템포 쉬었다 가라는 뜻으로 만든,

시간에 대한 새로운 비전을 갖고

자신이 원하는 대로 시간을 쓰기 바라는 뜻으로 만든,

분명한 시계다.

그러면서 광고 문구도 시계의 정확성이나 고급스런 디자인을 강조하지 않고 이런 식으로 썼습니다.

___ 단절하라 / 벗어나라 / 감사하라 / 이해하라

상상하라 / 꿈꿔라 / 생각하라 / 창조하라

시계 자체에서부터 광고 문구까지 합동으로, 시계를 벗어 던져라, 시간을 보지 마라 강조하는 느낌입니다. 신선한 발상이라는 생각이 들면서도 한편으론 그렇게 시침, 분침 없는 엄청난 고가의 시계를 차고 시간으로부터 마냥 자유로울 수 있는 사람이 얼마나 될까 싶어지기도 합니다.

한편으론 시간 얘기라면 절대 빼놓을 수 없는 러시아의 곤충학자 알렉산드로비치 류비셰프가 떠오르기도 합니다. 그는 스물여섯 살부터 세상을 떠날 때까지 평생에 걸쳐 단 하루도 거르지 않고 일기를 썼습니다. 하긴 그건 일기라기보다 '분 단위의 기록 일지'라고 해야 더 정확할지도 모르겠습니다.

10시 20분 곤충 분류, 10시 50분 슬라바에게 편지 씀, 휴식 10분, 톨스토이 읽기 1시간 25분…. 이런 식으로 기록을 했으니까요. 그런 분 단위의 시간들이야말로 그가 연구했던 작디작은 곤충들의 세계와 가장 닮아 있는 건 아닐까 싶기도 합니다.

그가 그렇게 분 단위로 매 순간을 기록한 건 물론 단 1분도 헛되게 쓰지 않으려는 생각 때문이었습니다. 그렇다 해도 시간에 대한 강박이 너무 심한 게 아니었을까 싶은데 뜻밖에 그에게는 이런 원칙도 있었다고 합니다.

_____ 시간에 쫓기는 일은 맡지 않는다. 열 시간 정도 충분히 잠을 잔다. 힘든 일과 즐거운 일을 적당히 섞어 한다.

그런 원칙을 보면 류비셰프야말로 한 손에는 초침이 '굉음'을 내면서 정신없이 돌아가는 시계를, 다른 한 손에는 분침도 시침도 없는 '느림'의 시계를 차고 두 겹의 시간대를 동시에 산 학자가 아닐까 싶기도 합니다.

그 뛰어난 시간 전문가를 흉내라도 내 볼 겸 다음 한 주 동안
은 스물네 시간을 분 단위로 빠짐없이 기록하는 일지를 써 보
고, 그 다음 일주일 동안은 시계며 휴대폰 등 시간을 알려주는
것들 일체 없이 지내볼까….

그 순간 휴대폰에서 요란하게 울리는 알람 소리.

　　　___ 내가 뭣 때문에 이 시간에 알람이 울리도록 해놨지?

그는 한참을 생각해 내려고 애를 씁니다.

세탁소에서 배우다

오늘따라 출근 준비를 하는 그의 마음이 참 무겁습니다.

새로 추진하는 일을 성사시키기 위해 외국에서 온 팀과
마지막 협상 회의가 있기 때문입니다. 평직원에다 통역
만 하면 되는 그는 임원이나 실무자들보다 부담감이 적
은 게 사실입니다. 그러나 때론 통역 때문에 오해가 생
겨서 협상이 결렬되는 일도 없지 않기 때문에 긴장의 끈
을 완전히 놓을 수도 없는 상황이죠.

무겁고 긴장된 마음으로 출근길에 나선 그는 지난번 통역
내용을 곰곰이 되새기면서 차에 시동을 걸었습니다.

차가 동네를 빠져나갈 때쯤, 갑자기 세탁소 간판이 눈에 들어옵니다. 평소에는 무심코 지나치던 간판이었는데 오늘은 '세탁소'란 글자가 유난히 크게 눈에 들어오는 겁니다.

며칠 전에 읽은 스튜어트 다이아몬드의 책 때문인가 봅니다. 스튜어트 다이아몬드는 미국의 유명한 와튼 스쿨에서 10년 넘게 '최고의 인기 강의'를 해 오고 있는 학자이자 협상 전문가입니다.

그는 협상하는 법을 배우기에 가장 좋은 곳으로 세탁소를 꼽습니다.

세탁소는 일상에서 가장 흔하게 접할 수 있는 곳입니다. 그런데 미국에선 세탁소를 운영하는 이들이 대부분 영어에 서툰 이민자인 경우가 많습니다. 그러니 세탁소엘 가면, 말이 잘 안 통하는 이에게 어떻게든 부탁할 내용을 설명하고 이해시켜야 할 때가 많습니다. 그러다 보니 손님 입장에선 내 생각을 상대방에게 확실하게, 가장 효과적으로 전하려는 의지와 노력을 익히고 배울 수밖에 없는 거죠.

그런가 하면 세탁소 주인의 입장에서는 다양한 사람들을 상대하면서 별별 일들을 다 겪게 됩니다. 작은 실수에도 옷값의 몇 배나 되는 돈을 요구하는 사람이 있는가 하면, 맡기지도 않은 옷을 맡겼다고 우기는 사람도 있습니다. 그러니 세탁소 주인도 지나친 요구나 항의에 대처하고 이를 해결할 수 있는 다양한 협상 능력을 키울 수밖에 없다는 겁니다.

요약하자면,

____누군가와 협상을 할 때는 세탁소 주인처럼, 자신의 일이나 기술에 대해 자부심을 갖되, 언어에 서툰 사람이 상대방의 언어를 한 마디 한 마디 최선을 다해서 듣듯이 경청하고, 상대방이 무리한 요구를 할 때를 대비해서 누구나 인정할 만한 기본적인 표준 지침을 만들라.

이것이 바로 스튜어트 교수가 가르쳐 주는, 세탁소에서 배울 수 있는 최고의 협상 기술인 겁니다.

그런데 그런 기술에 앞서 스튜어트 교수가 가장 중요하다고 강조하는 게 하나 있습니다. 바로 '진심'입니다. '진심을 갖고 응하는 협상이야말로 결과와 상관없이 그것 자체가 좋은 성취' 라고 그는 거듭 강조합니다.

세탁소 간판을 새삼 돌아보게 된 오늘. 자부심, 경청, 표준이 라는 단어들 위쪽에다 진심이란 단어를 올려놓으면서 그는 '이 게 오늘 통역해야 할 가장 중요한 단어다.' 마음 한 켠에다 분 명히 저장을 해 둡니다.

그런 책은
없는데요

젠 캠벨Jen Campbell은 시와 소설을 쓰면서 런던의 한 고
서점에서 일하는 작가입니다. 그는 최근에 서점에서
경험한 일들을 모아서 『그런 책은 없는데요*Weird Things
Customers Say in Bookshops*』란 책을 펴냈습니다.

책을 읽다 보면, 작가나 예술가뿐만 아니라 서점을 찾는
보통 사람들 중에도 괴짜가 정말 많다는 생각을 하게 됩
니다.

가령 손님들 중엔 책을 찾는다면서,

　　___가장 무거운 책을 찾아 주세요,
　　어느 책 옆에 서 있어야 평생의 짝을 만날 확률이 높나요?
　　책 말고 가게 밖에 있는 간판을 사고 싶어요,

이런 주문을 하는 사람들이 적지 않기 때문입니다.
심지어는,

　　___1960년대에 나온 책인데 작가도, 책 제목도 모르겠지만
　　표지가 녹색이고 읽으면서 깔깔대며 웃었던 건 확실하다.

라든지, 더 나아가 '『제인 에어*Jane Eyre*』를 읽고 독후감을 써
달라.'는 손님도 있다고 합니다.

하긴,

　　___내가 지금 일주일 치 장을 보러 요 앞 마트에 얼른 갔
　　다 올 생각이니 그동안 우리 두 아이들 좀 맡아 달라. 다섯
　　살, 세 살 남자아이들이지만 말썽은 안 피울 거다.

이런 부탁을 하는 손님에 비하면 그들은 그래도 덜 괴짜스럽습니다.

어쨌든 캠벨의 책을 읽다 보면 사람들 머릿속의 다채로움에 새삼 놀라게 되고 책 제목을 '그런 책은 없는데요'가 아니라 '그런 서점이나 서점 직원은 없는데요'로 바꿔야 하지 않을까 싶을 정도입니다.

그럼에도 불구하고, 책을 쓴 젠 캠벨도 그런 눈치지만, 그녀도 그 괴짜 손님들이 마냥 한심스럽지만은 않습니다. 그들이 찾아온 곳이 어쨌든 다른 곳이 아닌 서점이기 때문입니다. 그러고 보니 그녀가 자주 다니던 커피숍의 한 직원이 생각납니다. 모든 손님들한테 다 친절하고 흔쾌해서 머잖아 커피숍 주인이 되겠다 싶었죠. 그런데 어느 날 그 직원이 갑자기 보이질 않았습니다. 궁금해 하고 있던 중에 우연히 다른 직원을 통해 이유를 알게 됐습니다. 작은 서점을 차리기 위해 그만두었다는 겁니다.

애길 듣자마자 요즘 모두 힘들어서 쭉 해 왔던 서점들도 다들 접는다는데, 걱정부터 앞섰습니다. 하지만 그 직원은 단지 동네 서점을 차리기 위해서가 아니라 필생의 꿈을 이루기 위해서 직장을 그만 두었다고 하더군요. 이유를 알고 나니 무조건 응원하고 지지하는 쪽으로 마음이 바뀌었습니다.

그 서점이 곧 문을 연다고 합니다.
그곳에 가서 그녀도
젠 캠벨의 책 속에 나오는 괴짜 손님처럼,

___이 열 권을 합한 책값의 앞자리가
내 전화번호 앞자리와 똑같으면
열 권을 다 사고 아니면 절반만 사겠습니다.

하고
책 열 권이 적힌 리스트를 내밀어 볼까 싶습니다.

사이좋게
지내는 법

심리학에서는 사람을
판단형과 인식형, 두 유형으로 나누기도 합니다.

두 유형은 정반대라서 가령 길을 잃는 바람에
가려고 했던 곳이 아닌 다른 곳에 도착했을 때

판단형은,
어떻게든 다시 목적지로 가는 길을
찾으려 합니다.
반면 인식형은
이왕 이렇게 된 거 여기서 좀 놀다 가자,
이런 식이죠.

그러니 두 유형의 사람이 함께 있으면
티격태격할 수밖에 없습니다.
그런 티격태격을 피하려면, 교과서적인 모범 답안이지만,
서로의 차이를 인정하고 이해하는 길밖에는 없다고 합니다.

하긴 그러다 보면 때로는,

　　　＿＿우리 여기서 그만 갈라져서 각자 좋은 대로 하자.

이렇게 되기도 하죠.

그런데 여행에선 그것도 나쁘지 않습니다.

농사나 짓자
_ 남편 이야기

그는 오늘도 눈치를 보면서 며칠 전 오려 두었던 신문 기사를 아내에게 들이밀었습니다.

기사는 에이미 립트롯Amy Liptrot이라는 삼십 대 여성 작가에 관한 것이었습니다. 스코틀랜드의 외딴섬에서 태어난 그녀는 10대가 되자 어떻게든 고향을 벗어나 화려한 도시에 가서 살고 싶었다고 합니다.

마침내 그 꿈을 좇아서 그녀는 런던으로 떠납니다. 그리고 원하던 대로 요란한 파티가 끊이지 않는 일상을 반복하죠. 하지만 그런 날들은 그녀를 점점 술에 빠져들게 하고 끝내 알콜 치료 센터에 입원까지 하게 됩니다.

그러던 어느 날, 스스로 등져 버렸던 고향 마을이 떠오릅니다. 그녀는 무너져 내린 육체와 정신을 이끌고 다시 돌아가죠. 그리곤 고향에서 자신을 새롭게 되살립니다.

___새벽 시간에 메추라기며 뜸부기들 우는 소리, 마치 한 번도 보지 못했던 것만 같은 북극광과 야광 구름들, 물보라를 맞으면서 가파른 언덕을 오르는 일 그리고 차가운 바닷물에서 하는 수영. 바람의 방향이나 일출과 일몰 시간에 대한 생생한 감각.

그렇게 자신이 매몰차게 저버렸던 그 땅이 자신을 되살리고 있다는 걸 깨달은 뒤 그녀는 벅찬 감사와 감동의 마음으로 『아웃런_The Outrun_』이란 책을 씁니다.

그는 자신이 꼭 에이미 립트롯 같다는 생각이 들었습니다. 그 또한 고향이 너무 싫고 지루해서 버려 버리듯 떠났지만 이젠 도시의 삶에 완전히 지친 기분입니다. 그녀처럼 알콜 중독 수준까지 간 건 아니지만 이대로 가다간 그것도 멀지 않았다 싶을 정도입니다.

그런 마음을 그나마 붙들어 주는 게 버리고 떠나온 고향입니다. 고향을 생각하면 미안함과 함께 뜨거운 생의 의지와 의욕이 다시 강렬하게 솟구치곤 합니다. 그러니 하루라도 빨리 고향으로 돌아가고 싶은 마음인 겁니다.

물론 귀향이나 귀농의 실망과 어려움을 전혀 생각하지 않는 건 아닙니다. 오히려 마음을 잠재우기 위해서 그 가능성들을 더 과장되게 헤아려 보기도 합니다.

그래도 자신이 있습니다. 아내의 심사숙고가 마침내 "갑시다."로 결정되는 순간 일주일 안으로 실천에 옮길 수 있는 강력한 '귀향 프로젝트'도 그에겐 이미 다 마련되어 있습니다.

아내만, 아내만 고개를 끄덕이면 매일 눈앞에 어른대는 고향의 마당과 햇빛과 마을의 길목 길목과 그 길목 어디쯤의 길고양이들과, 봄비며 첫눈이며 고드름 같은 것들은 전부 다 일주일 내로 그와 아내의 가재도구들이자 현주소가 될 겁니다.

농사나 짓자
_ 아내 이야기

남편이 처음 귀농 얘기를 꺼냈을 땐 잠깐 그러다 말려니 했습니다. 이제 겨우 사십 대 중반인데, 이 나이에 갑자기 안정된 직장을 그만두고 시골 가서 농사를 짓자니, 너무나 위험한 생각인 것 같아서 그녀는 제대로 듣지도 않고 반대부터 했었습니다.

결혼을 빨리한 덕분에 아이들은 곧 성인이 될 거고, 대학엘 들어가자마자 독립하겠다고 둘 다 노래를 부르니 그러면 남은 부부 둘이서 귀향한들 무슨 문제가 있겠느냐는 남편 말이 틀린 건 아니었지만 그녀로선 단호할 수밖에 없었습니다.

그녀는 전적으로 도시 체질입니다. 태어나고 자란 곳도 도시인데다가 도시를 떠난 생활은 단 한 번도 상상해 본 적이 없습니다. 시골이나 전원생활, 하다못해 도시 근교의 생활조차 상상해 보거나 동경해 본 적이 없습니다.

그러면서도 농사가 얼마나 힘든 일일지는 시골 출신인 남편보다도 오히려 더 잘 알 것 같습니다. 그러니 그녀는 틈만 나면 남편에게 말할 수밖에 없었습니다.

    ＿＿난 안 갑니다. 정 가고 싶으면 혼자 내려가세요.

그런데 남편이 미련을 못 버리고 기사나 책에 실린 성공 사례를 자꾸 내미니 그녀 또한 귀향이나 귀농에 대한 '실패담들'을 찾아볼 수밖에 없었죠. 살다 살다 '실패담'을 이렇게 간절한 마음으로 찾게 될 줄이야….

덕분에 한 신문 기사에서 이런 인터뷰 내용도 찾아냈습니다.

    ＿＿귀농을 하려는 사람들 중엔 온통 낭만으로 가득 찬 전원생활을 기대하는 이가 많다. 현실은 절대 그렇지 않다. 특히 자기가 좋다고 가족 동의도 없이 내려오는 건 절대 금

물이다. 막연한 환상만 갖고 시골에 온 사람들은 매일 똑같은 애기만 한다. 나 서울에서 이렇게 잘 살았다, 나 유명한 사람 누구누구랑 잘 안다….

물론 남편은 그런 식의 애기나 떠벌릴 사람이 아닙니다. 그래도 그녀로선 차라리 이민이 쉽지, 귀향은 전혀 자신이 없습니다.

그런데도 남편은 그녀의 마음이 바뀌기를 기다리면서 뭔가를 계속 준비하고 있는 듯하니 그녀 역시 더 부지런히 실패담을 찾을 수밖에 없습니다.

그러다 보니 때론 엉뚱하게 귀향이나 귀농과 상관없이 실패 자체에 대해 많은 걸 생각해 보게도 됩니다. 실패담이 이렇게 소중할 때도 있으니 인생에서의 경험이란 무엇 하나 버릴 게 없구나…, 갑자기 실패의 위대함에 눈을 뜨는 기분입니다.

한 달이라는 시간

그녀는 문득 '한 달'이라는 시간의 간격과 그 길이에 대해서 이런 저런 생각을 해봤습니다.

우선 1765년 영국에서 있었다던 '루나 소사이어티Lunar society, 만월회'란 모임이 생각납니다. 작가이자 의사였던 진화론의 주인공 찰스 다윈의 할아버지 에라스무스 다윈에 의해 만들어진 그 모임은 이름 그대로 한 달에 한 번, 보름달이 뜨는 날 열렸습니다. 하필 보름달이 뜨는 날을 선택한 건 한번 모이면 다들 열심히 토론을 하다 밤이 깊어서야 돌아가곤 했는데, 그러자면 가로등이 없던 그 시절엔 달빛이라도 환해야 했기 때문이었다고 합니다.

한 달에 한 번씩 모여서 모든 분야에 대해 토론하던 그 모임이 서로에게 얼마나 좋은 자극과 발전이 됐는지는 훗날 모임의 멤버였던 제임스 와트가 증기 기관차를 발명하고, 조지프 프리스틀리가 산소를 발견하고, 조사이어 웨지우드가 도자기 사업으로 이름을 떨친 것만으로도 쉽게 짐작할 수 있습니다.

물론 처음부터 대단한 천재들만 모였을 수도 있죠. 하지만 그렇다 해도 한 달 간격의 모임이 주는 자극이 없었다면 그들도 평범한 학자나 사업가에 머물렀을지도 모를 일입니다.

그런가 하면 러시아를 대표하는 소설가 도스토옙스키가 보낸 1864년의 한 달도 떠오릅니다. 그는 당시 형의 죽음과 형과 함께 발행하던 잡지의 도산으로 빚더미에 올라앉았습니다. 어떻게든 빚을 갚지 못하면 감옥에 가야 할 상황이었죠. 고민 끝에 그는 한 출판업자와 '한 달 안에 중편 소설 하나를 써 주겠다.'는 계약을 맺고 선금을 받습니다.
그 한 달 동안 그는 부담감 때문에 잠시 도망갈 생각도 하지만 결국 '안나'라는 속기사를 고용해 약속한 소설을 완성합니다. 도스토옙스키만 보면 한 달은 중편 소설 하나를 완성할 수 있는 시간, 감옥에 갈 수 있는 인생을 구원할 수도 있는 시간인 거죠.

그런가 하면 한 달은 나무늘보들에겐 나뭇잎을 소화시키는 데 필요한, 아주 길고 게으른 시간이라고 합니다.

오늘 이렇게 한 달에 대해서 많은 생각을 하는 건 그녀에게도 한 달 간격으로 모이는 좋은 모임이 있기 때문입니다. 그 모임의 주제는 '외국에서 한 달 살기'이고 여섯 번째 모임이 바로 오늘 저녁입니다.

모이는 사람들의 면면도, 자신만 빼고는 다 루나 소사이어티나 도스토옙스키 못지 않은 과학자들이며 문필가들입니다. 그 모임에서 나만 나무늘보가 아닐까, 그녀는 생각합니다. 그들의 지식과 열정을 흡수해서는 그걸 한 달 동안 소화시키는 나무늘보 말이죠.

어쨌든 이제 한 달 살기의 여행지도 정해졌고 모두에게 가능한 날짜도 서로 조율 중입니다. 조율이 끝나서 마침내 여행에 나서는 날이 되면 그날은 달빛도 가로등도 모두 오랫동안 품어 왔던 버킷 리스트를 실현시켜 주는 환한 마법의 램프가 되리라, 그녀는 확신합니다.

새빨간 거짓말

___버터를 바른 빵은 바닥에 떨어질 때
반드시 버터 바른 쪽이 바닥에 닿는다.

세상의 우연은 대부분
안 좋은 쪽으로 일어나는 경향이 있다는 악명 높은,
'머피의 법칙'입니다.

그런데 심리학자들이 실제로 실험해 본 바에 의하면
버터를 바르지 않은 쪽이 바닥에 떨어지는 비율,
그래서 아무렇지도 않게 다시 집어 들고
먹을 수 있는 확률도 높다고 합니다.

다만 사람들은 그런 좋은 우연은
당연한 듯 기억에 남겨 두질 않죠.
나쁜 기억, 안 좋은 우연만 기억하기 때문에
늘 그런 것처럼 믿게 된다는 겁니다.
그러니 머피의 법칙을 믿지 않는 게
머피의 법칙을 막는 최고의 법칙이 아닐까….

생각난 김에 빵에 잼을 듬뿍 발라서 먹다가
한번 떨어뜨려 봐야겠습니다.
'흥, 머피의 법칙 따위!' 이렇게 중얼거리면서 말이죠.
작정하고 할 때는
짐작하는 쪽이 바닥에 닿지 않을까 싶긴 합니다만.

책임의 무게

태국에서 한 소년 축구팀 전원이 실종됐습니다. 그러다 열흘 만에 그들 모두 폭우가 내린 동굴 안에 생존해 있다는 게 확인됐죠.

대책반에서는 당장 '나롱삭' 주지사를 호출했습니다. 나롱삭은 사고 직전 그 지역의 주지사를 지낸 인물로 당시에는 다른 곳으로 발령이 나서 사고 지역에 없었습니다. 그러나 대책반에선 그가 그 지역을 가장 잘 알 뿐만 아니라 지질과 엔지니어링을 전공했기 때문에 구조 현장을 지휘할 인물로 가장 적합하다고 판단했습니다.

과연 나롱삭은 현장에 도착하자마자 어떤 동선으로 어떻게 구조대를 투입할 것인지부터 의료팀 대기에 이르기까지, 빠르게 상황을 지휘했습니다.

그러는 동안 동굴 안에서는 스물네 살의 코치 '에까뿐 찬따웡'이 12명의 소년들을 돌봤죠. 건장한 청년이었던 그는 사실 마음만 먹는다면 소년들을 남겨 둔 채 혼자만 동굴을 빠져나올 수도 있었습니다. 구조 작업이 시작되었을 때 사람들 사이에선 실제로 그가 혼자 도망쳤다는 소문이 돌기도 했습니다.

하지만 그건 소문이었을 뿐입니다. 그는 혼자만 살겠다고 도망치는 대신 동굴 안에서 소년들을 계속 돌봤고, 구조 작업이 시작됐을 때는 맨 나중에 동굴을 나왔습니다.
그렇게 해서 구조 작업을 시작한 지 사흘 만에 동굴 속에 있던 소년들과 코치가 모두 구조되었습니다.

그 뉴스를 들으면서 그녀는 다행이란 생각과 함께 문득 인류학자 레비스트로스Claude Levi-Strauss의 책 『슬픈 열대 *Tristes Tropiques*』에 나오는 부족장 얘기를 떠올렸습니다.

책에 의하면 '열대 지방의 부족을 대표하는 자에게 가장 필요한 것은 너그러움과 책임감 그리고 솔선수범하는 태도'라고 합니다.

덕분에 족장들에게 선물을 나눠 주면 며칠 후 모든 부족민들이 그 선물을 나눠 갖고 있을 정도라고 합니다.

거기에다 족장들은 부족민을 즐겁게 해 줘야 한다는 걸 강력한 의무로 압니다. 그래서 노래나 춤에도 누구보다 열심입니다. 레비스트로스는 그들이야말로 그 어느 문명국가의 대표자들보다 낫다고 썼습니다.

태국의 소년 축구팀을 구조한 주지사나 혼자 빠져나오지 않고 끝까지 소년들 곁을 지켰던 코치도 그들 부족장 못지않은 위대한 대표자들이 아닐까….
대표자가 된다는 건 단지 명예로운 감투를 쓰는 일이 아니라 행운은 나누고 불운은 함께 감당할 수 있는 용기를 갖춰야 한다는 뜻이 아닐까….

그런 걸 생각하면 초등학생 때부터 삼십 대인 지금까지 그 흔한 반장 한번 못해 본 것도 오히려 다행이다 싶어집니다.

등대지기

보통은 직장 생활 2년 차쯤에 첫 번째 고비가 온다고들 합니다. 그는 직장 생활을 시작한 지 3년째가 넘어가니 첫 번째 고비는 무사히 넘기나 보다 했습니다.

하지만 요즘 그는 매일 사표를 생각합니다. 사표가 불가능하면 최소한 사람을 직접 상대하지 않거나 가장 적게 상대하는 곳으로 부서를 옮겨야 하는 게 아닐까, 매일 온통 그 생각뿐입니다.

처음 지원할 땐 영업직의 중요성이나 어려움에 대해 잘 알지 못했습니다. 대부분의 취업 준비생들이 그렇듯이 입사만 할 수 있다면 잘 해낼 거라고, 잘 해낼 자신이 있다고만 생각했었죠.

그러나 이제 그는 하루에 열 곳 이상의 거래처를 방문해야 하고 적어도 열다섯 사람 이상은 만나야 하는 영업 일이 자신에겐 전혀 어울리지 않는다는 생각뿐입니다. 능력도 없고 적성에도 전혀 맞지 않는 것 같아 괴롭기만 하죠.

결국 그는 직장인들의 인터넷 카페에다 이런 질문을 올렸습니다.

　　　사람을 상대하지 않거나, 가장 적게 상대하는 직업은 뭐가 있을까요?

그러자 수많은 댓글이 달렸는데, 그중에서 사람을 상대하지 않는 직업 1위로 뽑힌 것은 '등대지기'였습니다.

　　　등대는 보통 두 명이 교대 근무를 하거나 아니면 아예 한 명이 그 안에 살면서 근무를 하기도 한다. 밖에 다닐 일도 없고, 다닐 수도 없어서 사람을 만나려야 만날 수가 없다. 등대지기들은 구두를 사면 너무 안 다녀서 1년 내내 새 것 같을 정도다. 등대는 세상에서 가장 외롭고도 가장 아름다운 사무실이다.

하지만 그건 옛날 얘기라는 댓글도 많았습니다.

_____등대지기란 게 겉으로 볼 때나 낭만적이고 환상적이지, 정말 어려운 일이다. 요즘은 경쟁률도 세서 5백 대 1이 보통이다. 그나마도 이젠 등대 자체가 자동화돼서 등대지기를 따로 모집하지도 않는다.

혼란스런 마음으로 댓글을 읽어 나가는데 어떤 대답 하나가 그의 시선을 잡아끌었습니다.

_____나도 직장 생활 2년 차에 그런 생각만 했던 시절이 있었다. 그때도 사람들이 등대지기를 권하기에 정말로 주말마다 등대를 찾아다닌 적도 있었다. 그런데 그러면서 깨달았다.

등대에서 가장 중요한 것 중의 하나가 무적霧笛인데, 무적은 바다에 안개가 심할 때 배들끼리 충돌하는 걸 막기 위해 등대에서 울리는 고동 소리다.

그러니까 무적 소리는 사람들을 살리려는 소리인 거다. 근데 사람이 싫어서 도망치려는 사람이 그런 소리를 울릴 자격이 있나 싶었다. 그래서 다른 직업을 찾던 마음을 정리하고 내 자신이 먼저 사람 대하는 태도를 바꿨다.

읽고 나서 눈물이 핑 돌았습니다. 사회생활 3년 차에 내가 바꿔야 할 건 진정한 노력도 해보기 전에 손쉽게 직업부터 바꾸려고 한 내 마음, 내 태도일지 모른다….

그는 딱 일 년만 더 노력해 보자는 결심으로 다시 마음을 가다듬었습니다. 어디선가 길게 무적 소리가 울리면서 늘 머릿속을 뒤덮고 있던 짙은 안개를 천천히 거둬 가 주는 기분이었습니다.

동시 짓기

얼마 전 한 초등학교 교문 앞에섭니다. 여자아이가 혼자
서 엄마를 기다리고 있었습니다. 잠시 후 엄마가 급하게
뛰어왔죠. 그러자 아이가 가쁜 숨을 몰아쉬는 엄마를 보
면서 말합니다.
"엄마, 왜 그렇게 급하게 뛰었어? 나 빨리 보고 싶어서
뛰었어?"

그러자 엄마가 하하하 웃으면서 대답했죠.
"맞아, 그랬어."

아이의 말과 엄마의 웃음이 너무 정겹고 다정해서 우연
히 옆에서 지켜보던 그녀까지 덩달아 흐뭇했습니다.

그러면서 얼마 전 자신의 아이에게 읽어 주었던 동시가 떠올랐습니다. 부산 강동초등학교 강민서 학생이 지은 「더워요」라는 동시입니다.

____ 선생님, 저도 오늘 학교 오면서 좀 더웠어요.
선생님을 어제도 봤지만 선생님이 또 보고 싶어서
뛰었어요.

아이다운 참으로 단순한 문장일 뿐인데, 아주 심오하면서도 멋진 시를 읽은 듯 그 솜씨가 부럽기까지 했었죠.

사실 그녀는 요즘 동시 작가가 되고 싶어 문화 센터에서 동시 쓰기를 배우는 중입니다.

그런데 배우면 배울수록 동시는 못 쓰겠다는 생각이 점점 더 커지는 중입니다. 좋은 동시가 이미 너무나 많은 데다 자신은 절대로 그렇게 못 쓸 것 같아섭니다. 좀 속상하지만 그래도 덕분에 생각지도 못한 좋은 동시들을 많이 읽고 그걸 집에 가서 아이에게 들려주는 새로운 즐거움과 행복이 생겼으니 만족합니다.

어제도 문화 센터 사람들과 함께 그런 즐거움을 일깨워 주는 동시 한 편을 같이 읽었습니다. 이준관 시인의 「민우의 여름 방학」이란 작품이었습니다.

___여름 방학에 시골 할머니 집에
놀러온 민우
풀밭에서 뒹굴며 놀면서
온몸에 풀물이 들어요.
풀 냄새가 나요.
풀밭에서 달리다 넘어져도
풀처럼 다시 일어나 풀풀풀 달려가요.
친구들과 풀싸움도 할 줄 알고
풀제기도 찰 줄 알고
풀피리도 불 줄 알아요.

그 동시 한 편에 갑자기 동시반 어른들 모두가 어린 시절의 여름 방학으로 돌아간 표정들이었죠. 어떤 오십 대 남자 수강생은 '동시를 읽고 나니 내가 지금 풀 냄새 가득하던 고향 마을을 떠나 어디서 뭘 하면서 살고 있는 건가 하는 생각도 들고 당장 고향으로 돌아가고 싶은 충동도 든다.'고 말하기도 했습니다.

그녀는 서울이 고향이지만 고개가 끄덕여졌습니다.

그러면서 다시 또 욕심이 났습니다. 풀풀풀, 풀 냄새로 가득한 꼬마 민우의 하루, 어제 본 선생님이 오늘도 보고 싶어 더운 줄도 모르고 뛰어가는 아이의 바쁜 달음질, 그리고 엄마의 벅찬 숨에서 사랑을 읽어 내는 아이의 맑은 눈망울. 그런 순수하고 맑은 세계를 있는 그대로 담아내는 동시를 나도 쓰고 싶다는 욕심이었습니다.

그녀는 휴대폰 속 동시 습작 노트를 다시 열었습니다.

여우랑 줄넘기

그녀는 아파트 현관으로 들어가려다 말고 그 옆 나무 의
자에 가서 앉았습니다. 현관 앞마당에서 놀고 있는 아이
들의 웃음소리가 너무나 즐겁고 행복해서였습니다.

네 명의 여자아이들이 하고 있던 놀이는 줄넘기였습니
다. 두 명은 양쪽에서 줄을 돌리고 두 명은 그 안에서 열
심히 뛰고 있었죠. 그렇게 숨이 넘어갈 만큼 웃음을 자
아내는 놀이는 아닐 텐데, 아이들은 줄을 돌리면서도 그
안에서 뛰면서도 수시로 숨이 넘어갈 듯이 웃었습니다.
웃다 못해 배를 잡고 땅바닥에 데굴데굴 구를 정도였습
니다.

낙엽 굴러가는 것만 봐도 웃는 게 여학생들이라지만 정말이지 근래 들어 그런 웃음은 본 적이 없었습니다. 아이들에게 나도 좀 끼워 달라고 말하고 싶을 정도였습니다.

아이들은 학원을 가던 중이었는지 아니면 집으로 돌아오던 중이었는지, 가방도 화단 앞 땅바닥에 팽개치듯 던져 놨습니다. 부모님들이 알면 야단칠지도 모르지만 그녀의 눈에는 그 모습도 재밌고 사랑스럽기만 했습니다.

며칠 후 그녀는 다섯 살, 일곱 살 딸들에게 동화 작가 아만 기미코あまん きみこ가 쓴 『여우랑 줄넘기きつねのかみさま』란 책을 읽어 주었습니다.

주인공인 '리에'는 남동생과 함께 숲속에서 줄넘기 놀이를 하다 집으로 돌아가는 중입니다. 그러다 줄넘기를 나뭇가지에 걸어 둔 채 그냥 왔다는 걸 깨닫죠. 남매는 다시 숲속으로 돌아갑니다.

숲에 도착한 남매는 꼬마 여우들이 그 줄넘기로 재밌게 놀고 있는 것을 발견합니다. 거기다 리에 남매를 발견한 여우들은 같이 놀자고 손까지 내밀죠. 남매는 모른 척 꼬마 여우들과 다시 한바탕 줄넘기 놀이를 합니다.

해가 저물자 리에는 꼬마 여우들과 헤어져 집으로 돌아옵니다. 그 줄넘기가 내 거고, 그걸 찾으러 온 거라는 말은 일체 하지 않고 그대로 돌아오죠.

그 모습이 얼마나 대견하고 예쁜지, 리에의 엄마가 줄넘기를 잃어버리고 왔다고 행여나 야단치면 어쩌나 걱정이 됩니다. 오늘도 재밌게 잘 놀았니? 하면서 꼭 안아 주면 좋을 텐데, 그녀는 리에 엄마에게 전화라도 해 주고픈 맘이었습니다.

그런 맘으로 동화를 들은 두 딸이 "엄마, 줄넘기 하고 싶어." 말하기 무섭게 "그래, 내일 공원에 가서 줄넘기 하자!" 대답했죠.

여행의 추억

최근에 프랑스 파리로 여행을 다녀온 친구에게 물어봤
습니다. 어디가, 무엇이 제일 좋았느냐고요.

그랬더니 친구가 대답합니다,

  ___ 기차역마다 대합실에 커다란 피아노가 놓여 있는 게
  제일 좋았어.

그 말에 어느 여행에서 보았던, 바닷가 모래밭 한가운데
운치 있게 놓여 있던 그네가 떠올랐습니다.

때때로 여행은 단 하나의 사물로 추억되기도 합니다.

나이가
든다는 것은

에세이스트로 유명한 정여울의 책 『그때, 나에게 미처 하지 못한 말』은 40대에 접어든 그녀가 30대를 통과하며 배우고 깨달았던 것들을, 지금 30대를 겪어 내고 있는 이들과 함께 나누기 위해 쓴 작품이라고 합니다. 그 책에는 이런 구절이 나옵니다.

___ 나이 들수록 책임이 커지는 것은 부담감만 커지는 게 아니라 능력, 관계, 인격, 나아가 내 인생의 울타리가 커지는 것을 의미한다.

한 잡지에서 남녀 독자들에게 설문 조사를 한 적이 있습니다. 질문은 '인생의 황금기는 몇 살이라고 생각하는

가?'였습니다. 짐작대로 1위는 20대에서 30대 중반까지였습니다. 그런데 뜻밖에 다음과 같은 이유로 40대에서 50대까지를 꼽은 이들도 많았습니다.

___ 책임져야 할 것들이 가장 많은 시기여서 부담스러웠지만 돌아보면 그래서 가장 보람되고 가장 열심히 살았던 때였다. 그때야말로 내 존재가 가장 강하고 컸던 황금기였다.

책임은 우리들의 어깨를 무겁게 짓누르기도 하지만 우리를 더 강하고 보람된 존재로 만들어 주기도 합니다. 그러니 40대에 이른 정여울도 "책임은 늘 무섭고 어려운 것이라고 두려워하던 내가 지금은 더 많은 책임을 기꺼이 떠맡는 삶을 꿈꾼다."고 쓴 거겠죠.

그동안 나이가 들어가는 것을 아쉬워만 했습니다. 늘어 가는 숫자만큼 나의 인격이 성장하고 인간관계가 넓고 깊어진다는 생각은 해 보지 못했습니다. 해가 갈수록 내가 책임져야 할 것들이 하나둘 늘어 가는 것에 한숨만 지을 줄 알았지 내 인생의 울타리가 한 뼘씩 커져 가는 건 눈치채지 못했습니다.

이제야
울타리가 넓은 마당이나 정원은
손이 많이 가는 대신
그만큼 더 풍성한 성장과 변화의 아름다움을
누리게 한다는 생각을 하면서
요즘 어깨를 짓누르는 일들을
헤아려 봅니다.

그리고 그 일들에게
걱정 마,
내가 책임져 줄게.
반가운 인사를 건네 봅니다.

과일 가게 아저씨

동네에 과일 가게가 나란히 세 군데 있습니다. 세 가게 모두 과일 값이나 싱싱한 정도도 비슷하고 주인도 비슷한 연배의 아저씨들입니다.

그녀는 그중에서 어느 한 곳을 단골 삼기보다 오늘은 왼쪽 집, 내일은 가운데 집, 모레는 오른쪽 집, 이런 식으로 세 곳을 나름대로 공평하게 골고루 가는 편입니다.

그런데 다니다 보니 세 가게 중 유독 한 곳이 특히 더 붐비는 것 같았습니다. 같은 업종의 집들이 나란히 있어도 꼭 그렇게 유난히 붐비는 집이 있다는 걸 한두 번 느낀 게 아니지만 비결이 뭘까 궁금했습니다.

그러던 어느 날 과일을 사러 갔다가 우연치 않게 그 비결을 알게 됐습니다. 그날은 늘 붐비던 그 과일 가게가 모처럼 한가해 보였습니다. 주인아저씨도 친구인 듯한 사람과 담소를 나누는 중이었습니다. 그런데 마침 가게가 잘되는 것 같다는 친구의 말에 주인아저씨는 이렇게 대답했죠.

_____세상에 공짜가 없는 게, 내가 손님들한테 과일에 대해 몇 마디라도 더 얘기하고 떠든 날하고 그냥 묻는 말에 대답만 한 날하고 매상 차이가 최소한 세 배 이상 나. 그래서 언젠가부터 손님만 오면 사나 안 사나 무조건 과일에 대해 온갖 얘기를 다 떠들어. 그럴려고 요즘엔 책이랑 인터넷까지 뒤지기도 한다니까.

그녀는 그날 그 가게에서 과일이 아니라 인생의 중요한 참고서와 공책을 한 아름 사든 기분으로 돌아왔습니다.

사랑이라는 이름

그녀는 얼마 전 뉴스에서 어른 손바닥보다 작은, 302g의 몸무게로 태어난 아기가 6개월 만에 건강하게 퇴원하는 모습을 보았습니다.

처음 태어났을 땐 병원에서조차 할 수 있는 게 아무것도 없다고 했다는데 그 막막한 상황을 무사히 넘기고 퇴원 하다니, 아기의 생명력이 참으로 대견하고 고마웠습니 다. 아기의 이름은 '사랑'이라고 합니다.

태명이 '튼튼이'였던 그녀의 아이도 낳자마자 체중 미달 로 인큐베이터에 있어야 했습니다. 얼마나 안쓰럽고 걱 정이 되던지 그녀는 자신의 건강은 생각지도 않고 줄곧 튼튼이가 있는 인큐베이터 밖을 서성이거나 불안 속에서 잠을 못 이루곤 했습니다. 한두 번쯤은 튼튼이를 잃는 게 아닐까, 숨이 넘어갈 것 같던 때도 있었습니다.

그랬던 튼튼이도 무사히 퇴원을 했습니다. 그리고 잘 자라서 얼마 전엔 첫돌을 맞았죠.

그날, 돌잔치에 참석한 신혼의 동생 부부는 포도주를 한 병 가져왔습니다. 동생이 직접 만든, 돌을 맞은 튼튼이의 이름과 생년월일과 축하의 말이 적힌 라벨이 붙어 있는 포도주였습니다. 동생은, 같은 라벨을 붙인 포도주가 한 병 더 있는데 그건 튼튼이가 스무 살이 되면 함께 마실 생각이라며 웃었습니다.
그녀는 그 선물이 너무 신기해서 다음번엔 나도 누구에겐가 선물해야지, 메모해 두기도 했습니다.

신기한 선물은 그것만이 아니었습니다. 튼튼이의 중학생 사촌 형은 우표를 선물로 내놨습니다. 평소에 우표를 모으는 게 그 애의 취미인데 특별히 튼튼이가 태어난 날 발행된 한정판 우표를 구해 온 것이었습니다.

중학생이 어떻게 이런 선물을 다 생각했는지 참으로 감동스러웠죠. 튼튼이도 너처럼 생각이 깊고 배려심이 많은 아이로 키우겠다고 중학생 사촌 형 앞에서 다짐을 하기도 했습니다.

그리고 인큐베이터에서 힘겨운 싸움을 하고 있을 모든 아기들이 다 건강하게 자라나길 그녀는 진심을 다해 기원했습니다.

운남의 소리

최근 그녀가 사는 경상북도 청송에서는 한국과 중국 시
인들의 시 낭송회가 열렸습니다.

일반인들에게 공개되지 않는 시인들만의 세미나 형식의
낭송회였지만 그녀는 대회 진행을 돕는 스태프들 중 한
명으로 두 나라 시인들의 낭송회를 직접 볼 수 있었습니
다. 그렇잖아도 시 창작 모임에 가입해서 시를 배우고
있는 중이라 그 기회가 참으로 귀하고 행복했습니다.

특히 중국 시인들의 시를 작가의 육성으로 직접 듣는 건
처음이라 더더욱 신기하고 기뻤습니다.

그중에서도 인상적이었던 이는 중국의 여성 시인인 '펑나'였습니다. 펑나는 중국 운남성의 소수 민족인 백족 출신이라고 합니다. 백족 사람들은 우리처럼 흰옷을 즐겨 입을 뿐만 아니라 고춧가루를 넣지 않은 백김치를 먹고 흰색의 벽을 가진 기와집에서 산다고 합니다. 우리와 비슷한 점이 적지 않은 중국의 소수 민족인 겁니다.

그들이 사는 지역의 중심지는 '대리'라는 곳인데 대리석이란 이름이 바로 그곳에서 유래되었다고 합니다. 대리석은 유럽에서 시작된, 유럽 사람들의 전유물인 줄로만 알았는데 중국의 소수 민족 마을이 그 유래였다니 신기했습니다.

펑나의 시도 특이했습니다. 고향을 배경으로 했다는 「운남의 소리」란 시에는 이런 구절이 등장합니다.

> ＿＿운남 사람들은 누구나 세 가지 이상의 언어를 안다.
> 하나는 저 하늘의 구름을 불러
> 원하는 모양새를 만들 수 있고,
> 하나는 길을 잃었을 때
> 소나무 숲의 버섯을 나타나게 하며
> 하나는 코끼리더러 파초 아래에 멈춰
> 우물에 순종하도록 만든다.

운남성은 지리적으로 미얀마, 라오스, 베트남, 이렇게 세 나라와 맞닿아 있습니다. 그래서 처음엔 펑나가 말하는 세 가지 언어가 그 세 나라 언어를 뜻하나 보다 짐작했습니다.

하지만 그녀가 말한 세 가지 언어는, 구름을 올려다 보고 버섯을 알아보고 코끼리처럼 가만히 멈춰 설 줄 아는 것. 즉, 구름이나 버섯 같은 자연을 누리며 즐길 줄 알고 코끼리처럼 여유 있게 지낼 줄 아는 마음을 비유한 것이라고 합니다.

시인의 설명을 듣고 시를 이해하는 게 좋은 감상법은 아니지만 외국 작품이여서일까요, 시인의 설명을 듣고 시를 다시 읽으니 더욱 아름답게 느껴졌습니다.

덕분에 언젠가는 평나 시인의 고향인 운남성엘, 그곳의 백족 마을엘 꼭 한번 가 보리라, 가서 평나 시인의 시처럼 원하는 모양을 만들어 주는 구름과 길을 잃었을 때 나타나는 버섯과 우물 앞에 멈추어 선 코끼리를 찾아보리라, 마음이 설레기도 했습니다.

그런 만큼 그들 중국 시인들도 청송에서 단풍 물든 주왕산의 아름다움과 한국어의 아름다움을 흠뻑 만끽하다 갔으면 싶었습니다.

눈이
'많이' 내린 날

저 먼 시베리아 남쪽 끝에는 카라하크란 부족이 산다고
합니다.

그곳에서는 많고 적음의 기준이 '무조건 땅에 펼쳤을 때
얼마나 되나'라고 합니다. 높이나 무게는 아무 소용없고
오직 평평하게 펼쳐 놓았을 때의 넓이가 기준이라는 겁
니다.

그들의 방식으로는 열 권의 책이 있어도 위로 높이 쌓아
올리면 겨우 한 권, 옆으로 넓게 펼쳐 놔야 제대로 열 권
입니다.

그러니 뭔가를 계산할 때마다 얼마나 넓은 땅이 필요하겠는지요. 그래선지 카라하크 부족 사람들은 개인적으로 뭔가를 '많이' 계산해야 하는 일도, 뭔가를 '많이' 소유하는 것도 좋아하지 않는다고 합니다.

그렇다면 그들은 눈 오는 날을 참 좋아하지 않을까요. 내가 갖지 않아도 내 것일 수 있는 게 땅끝까지 넓게 넓게 펼쳐질 테니까요.

눈 오는 이 아침도, 이런 아침에 떠올리는 카라하크 부족도, 모두 참 아름답습니다.

[이 책에 언급된 책들]

느리게, 그러나 차곡차곡 _____

〈당신에게도 있습니다〉
김보통, 『어른이 된다는 서글픈 일』, 한겨레출판, 2018.

〈우리는 사자가 아니므로〉
시드니 민츠, 『설탕과 권력』, 김문호 옮김, 지호, 1998.

〈화가의 편지〉
이지은, 『액자』, 모요사, 2018.

내가, 사랑한 _____

〈할아버지의 편지〉
히가시노 게이고, 『나미야 잡화점의 기적』, 양윤옥 옮김, 현대문학, 2012.

〈소중한 무언가를 잃었다면〉
엘리자베스 퀴블러 로스, 『상실 수업』, 김소향 옮김, 인빅투스, 2014.

〈타인의 평가〉
엘렌 랭거, 『예술가가 되려면』, 이모영 옮김, 학지사, 2008.

〈스노볼〉
루스 퀴벨, 『사물의 약속』, 손성화 옮김, 올댓북스, 2018.

너의 북소리를 들어라

〈나만의 북소리〉

무라카미 하루키, 「먼 북소리」, 윤성원 옮김, 문학사상사, 2004.

무적霧滴 소리를 따라

〈시간이 없는 시계〉

다닐 알렉산드로비치 그라닌, 「시간을 정복한 남자 류비세프」, 이상원 옮김, 황소자리, 2004.

〈세탁소에서 배우다〉

스튜어트 다이아몬드, 「어떻게 원하는 것을 얻는가」, 김태훈 옮김, 에이트 포인트, 2017.

〈눈이 '많이' 내린 날〉

리처드 와이릭, 「너의 시베리아」, 이수영 옮김, 마음산책, 2010.

너무 마음 바깥에
있었습니다

1판 1쇄 발행 2019년 7월 20일

지은이 | 김경미
펴낸이 | 이정훈, 정택구
책임편집 | 박현아

펴낸곳 | 혜다
출판등록 | 2017년 7월 4일(제406-2017-000095호)
주　　소 | 경기도 파주시 산남로 195번길 11
대표전화 | 031-901-7810 **팩스** | 0303-0955-7810
홈페이지 | www.hyedabooks.co.kr
이 메 일 | hyeda@hyedabooks.co.kr
인　　쇄 | (주)재능인쇄

저작권 ⓒ 2019 김경미
편집저작권 ⓒ 2019 혜다

ISBN 979-11-967194-1-8 03810

이 도서의 국립중앙도서관 출판시도서목록(CIP)은 서지정보유통지원시스템 홈페이지
(http://seoji.nl.go.kr)와 국가자료공동목록시스템(http://www.nl.go.kr/kolisnet)에
서 이용하실 수 있습니다.(CIP제어번호: CIP2019025045)